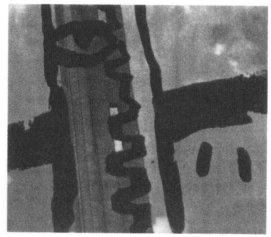

Collection S.Fischer

Ulrike Längle
Am Marterpfahl der Irokesen
Liebesgeschichten

S. Fischer

5.–6. Tausend: Dezember 1992

Collection S. Fischer
Herausgegeben von Uwe Wittstock

Band 74
Originalausgabe
Veröffentlicht im Fischer Taschenbuch Verlag GmbH,
Frankfurt am Main, September 1992
© 1992 S. Fischer Verlag GmbH, Frankfurt am Main
Satz: Fotosatz Otto Gutfreund GmbH, Darmstadt
Druck und Bindung: Wagner GmbH, Nördlingen
Printed in Germany
ISBN 3-596-22374-1

Inhalt

El Tigre

Fünf Mal in der Woche ging Señor Carlos Band in ein kleines
Lokal in der Innenstadt von Buenos Aires und spielte Tango.
Er bediente das Bandoneón, sein Kollege Zizi die Gitarre,
Don Felipe sang. Die Touristen und die Einheimischen ließen
manchmal mehr, manchmal weniger Geld da. Señor Carlos
konnte leben. Er bewohnte eine schäbige Zweizimmerwoh-
nung in La Boca, wo es nach Öl und verrottetem Fisch stank
und zwischen den bunten Hauswänden die Wäsche flatterte.
An seinen freien Tagen saß er auf der Wiese vor dem Teatro
Colón und sah den Straßenjungen beim Fußballspiel zu.
Manchmal, wenn er etwas Geld übrig hatte, machte er einen
Ausflug: El Tigre, der stille Flußarm, war sein Lieblingsziel, an
dessen Ufern einstmals prächtige Villen verfielen und alte ei-
serne Kähne verrosteten.

Señor Band war ein alter Mann. Die Beschwerden des Alters
hatten sich nach und nach eingeschlichen, nicht über Nacht, sondern wie eine langsam wachsende Flechte, die ein Gemäuer über-
zog. Seine frühere Energie – nicht umsonst nannten ihn seine
Freunde El Tigre – flackerte nur noch zeitweilig auf. Dann ging
er auf eigene Faust in die Nachtbars und lachte sich eine Seño-
rita an. In letzter Zeit ließ er es aber auch hier dabei bewenden,
gemeinsam mehrere Gläser zu leeren und sich dann zurückzu-
ziehen. »Ich bin ein alter Mann«, pflegte er zu sagen, »ich will
Sie nicht zur Zeugin meines vollständigen Ruins machen.«

Señor Bands Wohnung war ein Kuriositätenkabinett. In einem Raum kochte und aß er, erledigte alle Arbeiten, die im Alltag anfielen. Der andere war Wohn- und Schlafzimmer und Empfangssalon für die seltenen Besuche. Hier standen auf dem Buffet, das gleichzeitig als Kleiderschrank diente, denn hinter den geschlossenen Türen, die eigentlich Schnäpse und Gläser verbergen sollten, stapelte er seine Unterhosen und Socken sowie einige Hemden –, auf diesem Buffet standen die Andenken an frühere, glorreiche Zeiten.

In seinen Blütezeiten war El Tigre nicht nur ein berühmter Bandoneónspieler gewesen, er hatte auch Motorradrennen gefahren und mehrere Trophäen gewonnen. Eine Reihe sorgfältig gepflegter Pokale, die er allwöchentlich putzte, zeugte vom Ruhm vergangener Tage. Das Prunkstück der Sammlung jedoch war eine alte Ziehharmonika, die Señor Carlos Band von seinem Großonkel geerbt hatte: Heinrich Band aus Krefeld, dem Erfinder des Bandoneón. Onkel Heinrich war Musiklehrer gewesen und hatte 1846 ein hunderttöniges Instrument herausgebracht, das nach und nach auf 144 Töne erweitert wurde. Man spielte es früher auf Dorfbeerdigungen in Bayern, um 1870 wurde es durch Seeleute nach Argentinien gebracht und avancierte zum Starinstrument der Tangoorchester. Señor Carlos war besonders stolz auf sein altes Originalbandoneón, das er zwar nicht mehr spielen durfte, auf dem aber ein Großteil seines Selbstbewußtseins als Musiker beruhte.

Etwas seitlich auf dem Buffet stand eine große Schwarzweiß-Fotografie in silbernem Rahmen, die ein junges Mädchen auf einer Schaukel zeigte. El Tigre staubte sie jede Woche ab, wobei er auf sein normales Staubtuch, einen alten

Lappen, der für alles mögliche herhalten mußte, verzichtete und statt dessen einen Zipfel seines Taschentuchs verwendete. Wenn ihn das eine oder andere Mal ein Besucher, etwa Zizi, der manchmal abends eine Flasche Wein mit ihm trank an ihren gemeinsamen freien Tagen, nach der Fotografie fragte, machte er eine Handbewegung, wie wenn er eine Flaumfeder nur durch den Lufthauch vom Tisch fegen wollte, und sagte: »Ach das ... Vergangene Zeiten, vergangene Zeiten.« Zizi hatte ihn einmal zu später Stunde etwas gründlicher bearbeitet, aber nur herausgebracht, daß sie früher einmal in seinem Leben eine wichtige Rolle gespielt hatte. Zizi vermutete, daß es sich um die Tochter von El Tigre handelte, von der man munkelte, er hätte sie früh durch einen Unfall verloren.

In letzter Zeit ging es El Tigre schlecht. Er hatte keinen Appetit, die Arbeit fiel ihm schwer, und in der Nacht quälten ihn Träume, aus denen er schweißgebadet hochfuhr, ohne sich erinnern zu können, was er geträumt hatte. Der Arzt fand nichts Organisches, aber Señor Carlos welkte immer mehr dahin. Manchmal, wenn er mit Zizi und Felipe zusammensaß, besprachen sie sein Problem. Felipe meinte, ihm fehle eine Freundin, aber El Tigre winkte nur müde ab. Schließlich verfielen sie auf eine abwegige Idee: Im Hause von Zizi ordinierte eine junge Psychoanalytikerin, mit der er manchmal im Treppenhaus ein paar Worte zu wechseln pflegte. Señor Band war ein belesener Mann, und da in Buenos Aires jede Buchhandlung von psychoanalytischen Büchern geradezu überquoll, hatte er sich selbst bereits ein gewisses Grundwissen angeeignet. Zizi hatte herausgehört, daß die junge Doktorin eine Schwäche für alte Tangoetablissements hatte, da sie ihn schon öfter nach Karten für ihre Vorstellungen gefragt hatte. Er versprach, den Mittelsmann zu spielen und für Señor Carlos Band einen ersten Termin zu arrangieren.

Am nächsten Sonntagnachmittag saß El Tigre wieder einmal auf einer Bank vor dem Teatro Colón und sah den Straßenjungen beim Fußballspiel zu. In der warmen Nachmittagssonne nickte er ein. Er saß auf einem Motorrad und fuhr eine Straße entlang, immer im Halbdunkel, immer hart am rechten Straßenrand. Die beiden Ohrenklappen der Motorradhaube, die er zu schließen vergessen hatte, flatterten im Winde wie zwei Rabenflügel. Er war über die Lenkstange gebeugt und spähte angestrengt in das Dunkel vor ihm, konnte aber nichts erkennen. Plötzlich tauchten zwei Lichter auf, ein Sportwagen kam ihm entgegen, er wich noch weiter nach rechts aus, kam ins Schleudern. Dann sah er sich selbst als Leiche in einem Sarg, umgeben von Blumenstöcken mit Callablüten und Flamingoblumen. Eine verschleierte, graue Gestalt kniete vor seinem Sarg, aber er konnte nicht erkennen, wer es war. Er erwachte, von der Sonne geblendet. Zu Hause zog er ein frisches Hemd an, er trug nur grüne Hemden, mit Button-down-Kragen, den obersten Kragenknopf ließ er immer offen. Abgesehen davon, daß es ihm selbst ein Bedürfnis war, weil er manchmal an Erstickungsanfällen litt, gehörte es auch zu den Statuten des Clubs, den Zizi, Felipe und er gegründet hatten: Sie trugen nur grüne Hemden und den obersten Hemdknopf immer geöffnet. El Tigre wischte sich über die Stirn, ihm wurde schwindlig. Er schloß den Hemdknopf und flüsterte: »Margarita«, dann riß er ihn wieder auf und stürzte zum Fenster, um die fisch- und ölverpestete Luft von La Boca einzuatmen. Er warf einen Blick auf das Foto auf dem Buffet, dann ging er in die Küche und goß sich ein

Glas Rotwein ein. So konnte es nicht weitergehen. Er beschloß, Zizis Rat zu befolgen und zur Analytikerin zu gehen.

Sie wohnte im Stadtviertel Barracas, einem Armeleuteviertel. Señor Band mußte vier Treppen bis zu ihren Räumen emporsteigen, doch das Innere der Wohnung war überraschend gepflegt. Carlos wurde ins Behandlungszimmer geführt und zuerst in einen Sessel gebeten, für das Vorbereitungsgespräch. Dann betrat die Doktorin das Zimmer. Sie war ungefähr einen Meter fünfundsiebzig groß, also sehr groß, und trug die Haare kurz. Carlos schätzte sie auf dreißig bis fünfunddreißig, also bedeutend jünger als er, mit seinen siebenundfünfzig Jährchen auf dem Buckel. Er konnte sich nicht helfen, ein alter Tango ging ihm durch den Sinn, *Nostalgías:* »Ich will mein Herz betrunken machen, um den Wahnsinn einer Liebe zu löschen, die nur noch ein Leiden ist, und hierher bin ich gekommen, um alte Küsse in den Küssen anderer Münder zu tilgen.« Carlos hatte ihn oft auf dem Bandoneón gespielt: »Wenn ihre Liebe eine Eintagsblume war, warum leide ich noch immer an diesem grausamen Kummer? Für uns beide will ich mein Glas erheben, um diesen hartnäckigen Gedanken zu vergessen, aber desto mehr erinnere ich mich an sie.« Die Doktorin sagte fragend: »Señor Band?« und Carlos nickte zerstreut. »Ich will mich nicht erniedrigen, sie nicht bitten, nicht weinen, ihr nicht sagen, daß ich nicht weiterleben kann. Aus meiner traurigen Einsamkeit sehe ich die toten Rosen meiner Jugend fallen.«

Carlos riß sich zusammen. Er gab Auskunft über Alter, frühere Krankheiten und seinen jetzigen Leidenszustand: Alpträume, an die er sich kaum erinnern konnte, Appetitlosigkeit, allgemeiner Kräfteverfall, aber kein organischer Be-

11

fund. Die Doktorin sah ihm gerade in die Augen, machte die Modalitäten der Behandlung mit ihm aus und bestellte ihn für die folgende Woche zur ersten Sitzung. Als El Tigre die Treppen hinunterstieg, erinnerte er sich, daß ihre Augen grau gewesen waren, wie die Margaritas. Zu Hause nahm er das alte Bandoneón von Onkel Heinrich vom Buffet und deutete eine Melodie an: »Klage, Bandoneón, deinen grauen Tango, vielleicht verletzt auch dich irgendeine sentimentale Liebe. Meine Marionettenseele weint allein und traurig in dieser schwarzen Nacht ohne Sterne.« Die Melodie war kaum zu erkennen, denn auf dem alten Instrument konnte man nur mehr knapp fünfzig der ursprünglich hundert Töne spielen. El Tigre ging in die Küche und holte ein Glas Wasser, dann griff er zu dem Tablettenröhrchen, das er schon lange hergerichtet hatte. Er spielte die letzte Strophe des Tangos: »Wenn die Gläser Trost bringen, bin ich hier, um meinen Kummer auf immer zu ertränken. Ich will mein Herz betrunken machen, um danach auf das Scheitern der Liebe anstoßen zu können.« Er strich die Samtkissen auf dem Sofa glatt, stellte das Bandoneón wieder auf seinen alten Ehrenplatz und nahm die Fotografie vom Schrank. Entgegen allen Satzungen knöpfte er sich den obersten Hemdknopf zu, flüsterte »Margarita« und trank alle Tabletten in einem Glas Wasser aufgelöst aus. Er streckte sich auf dem Sofa aus, dann verlor er langsam das Bewußtsein. Von der Straße herauf hörte man einen Straßensänger: »Sehnsucht, ihr irres Lachen zu hören und an meinem Mund wie ein Feuer ihren Atem zu spüren.«

Die Doktorin hatte Zizi im Treppenhaus getroffen und sich nach Señor Band erkundigt. Er war ihr seltsam erschienen, bei seinem ersten Besuch. Zizi wurde unruhig, sie beschlossen, den alten Mann gemeinsam zu besuchen. Zizi hatte einen Schlüssel für die Wohnung, für alle Fälle. Wenn El Tigre, was selten genug vorkam, verreiste, übergab er Zizi die Schlüssel, der während seiner Abwesenheit nach dem rechten sah. Sie klingelten an der Türe, nichts rührte sich. Zizi schloß auf. Sie kamen gerade noch rechtzeitig. Zizi sah seinen Freund auf dem Sofa liegen, öffnete sofort den geschlossenen Kragenknopf, die Doktorin verständigte das Spital von La Boca, wo El Tigre der Magen ausgepumpt wurde. Er war noch einmal davongekommen.

In den darauffolgenden Wochen war er still und in sich gekehrt. Weder Zizi noch Felipe brachten etwas aus ihm heraus. Selbst seine Ausflüge zum Tigre-Fluß, die er früher gerne am Wochenende unternommen hatte, stellte er ein. Er hatte zwei Wochen als Bandoneónspieler pausiert, doch dann war Not am Mann, er wollte seinen Posten nicht verlieren, er mußte spielen. Als einmal *Nostalgías* im üblichen Programm für die Touristen dran war, mußte El Tigre nach den Zeilen »Angst, mich verlassen zu fühlen und zu denken, daß an ihrer Seite ein andrer bald …, bald von Liebe sprechen wird« das Etablissement verlassen. Man verzieh es ihm, weil er in der Folge tadellos weiterspielte.

Von Besuchen bei der Analytikerin wollte er nichts mehr wissen, aber Zizi gelang es, ein zwangloses Treffen zwischen den beiden zu arrangieren. Er lud sie in ein kleines italienisches Restaurant zum Essen ein und bestellte für alle Osso buco, El Tigres Lieblingsgericht. Nach dem fünften Glas Chianti, nicht von der besten Sorte, aber trinkbar, wurde Señor Band gesprächiger. »Wir müssen das Programm ändern«, sagte er. »*Nostalgías* spiele ich nicht mehr, das ist mir zu abgedroschen.«

Zizi nickte zustimmend, die Gitarrenbegleitung sagte ihm ohnehin nicht besonders zu. »Aber was sollen wir sonst nehmen? Ein paar Standardnummern brauchen wir.«

El Tigre griff sich mit der rechten Hand auf den Magen, seit der »Vergiftung«, wie er es nannte, natürlich ein Unfall, war ihm manchmal etwas flau. »Nehmen wir doch *Fierro Chifle*.« Zizi begann vor sich hin zu singen, El Tigre fiel ein, die Doktorin hörte mit gespanntem Ausdruck zu: »Du bist an einem Freitag, dem dreizehnten, geboren, Eisenflöte, und deshalb geht dir immer alles schief, du kommst nie auf einen grünen Zweig. Du bist ein Fehltritt des Lebens, mit diesem Galgengesicht, das dich ins Kittchen bringt. Seite an Seite mit dem Unheil läufst du hinter der Karawane her.« El Tigre improvisierte pfeifend die Bandoneón-Stimme, die Doktorin versuchte zaghaft mitzusummen. El Tigre kam in Fahrt und sang nun mit lauter Stimme: »Die Freunde führten dich von klein auf als Maskottchen mit sich spazieren, aber als sie sich mit den Mädels einließen, jagten sie dich weg. Heute hauen sie aus deiner Nähe ab.« – Zizi unterbrach El Tigres Gesang und protestierte lautstark, aber Señor Band ließ sich nicht beirren – »Heute hauen sie aus deiner Nähe ab und rufen dir zu: Eisenflöte, verkrümel dich gefälligst von hier, denn du gehst uns auf die Nerven.«

El Tigres Stimme wurde schwächer, er hüstelte, verschluckte sich am Rotwein, dann blieb er stumm. An einem der Nebentische hatte eine Saufrunde das Lied aufgenommen und grölte unverdrossen weiter, wobei sie El Tigre grinsend zuprosteten: »Wenn du deinen Unstern ändern willst, dreh dich auf deinen Hacken um, besorg dir ein Amulett und einen Schlüssel, den du dir umhängst. Wenn du ein Hufeisen findest, nimm es mit auf dein Zimmer und mach es mit Bindfaden am Kopfende des Bettes fest. Wenn du morgens aufstehst, dann nicht mit dem linken Fuß, und dreh dich auch nach rechts, jedesmal, wenn du niesen mußt. Sollte das alles nichts helfen, dann kauf dir für einen Zwanziger Zyankali, und an einem Freitag, dem dreizehnten, Alter, beißt du ins Gras.« El Tigre sprang wortlos auf und rannte aus dem Lokal, die Doktorin hinterher. Zizi blieb zurück, um die Rechnung zu bezahlen.

Er rannte die Straße entlang, bis er an der Plaza de Mayo angelangt war, und ließ sich auf einer Bank nieder, die Doktorin setzte sich neben ihn. Señor Carlos Band hatte seine Fassung wiedergewonnen und begann, von alten Zeiten zu erzählen. Er selbst war, wie sein berühmter Großonkel, ebenfalls in Krefeld geboren worden, der Samt- und Seidenstadt, wie er nicht ohne Stolz mit einem Blick auf seine verschossene Weste bemerkte. Eigentlich hatte ihn das Schicksal zu etwas anderem bestimmt. Er hatte das Ernst-Moritz-Arndt-Gymnasium besucht und dort Abitur gemacht, im Jahre 1956. Nach dem Wunsche seines Vaters studierte er Jura, hatte aber nebenbei aus Familientradition Musikunterricht genommen und Akkordeon gespielt. »Das waren noch Zeiten«, brummte El Tigre, der damals noch Karl Band hieß. »Ich kann mich noch gut erinnern, im Krieg, während einer Bombennacht, da habe ich meinen Vater ins Krankenhaus begleitet, in dem er Nachtdienst hatte. Meine Mutter blieb zu Hause, meine Geschwister waren bereits evakuiert. Wir saßen dann im Luftschutzkeller, mein Vater hat die Krankenschwester in den Armen gehalten, die sich so gefürchtet hat, und sie geküßt. Am nächsten Morgen hing eine amerikanische Fliegerbombe direkt über dem Luftschutzkeller, sie war zwischen zwei Eisenträgern steckengeblieben, aber nicht explodiert. Wir gingen nach Hause, ich erzählte meiner Mutter von der lieben Krankenschwester, und es gab einen Familienkrach. Immer war ich an allem schuld.«

Die Doktorin streichelte El Tigres Hand und kam direkt zur Sache: »Wer ist die junge Frau auf dem Foto?«

Señor Band erzählte weiter: »Und dann, nach dem Krieg, da bekamen wir Care-Pakete aus Amerika, wir hatten dort Verwandte. Haufenweise amerikanische Zigaretten, mit denen haben wir das Haus wieder aufgebaut, so nach und nach.« Er griff sich noch einmal auf den Magen. »Erinnert mich an vergangene Zeiten, als wir dieses Brot aus Sägemehl hatten und den Rübenschnitzelsirup, als Aufstrich. Butter war so selten, daß wir mit dem Butterpapier noch den Topf ausgewischt haben, wenn es Gemüse gab. Und an Weihnachten habe ich immer gesungen: ›Geld war verloren, Christ ist geboren.‹« Die Doktorin gab ihre Bemühungen auf. Zizi kam die Straße entlang und setzte sich zu ihnen, dann begleiteten sie El Tigre zur Bushaltestelle nach La Boca.

Zu Hause zog er sich ein frisches grünes Hemd an und knöpfte den obersten Knopf zu. Dann leerte er den Müll in die Tonne im Hof und schloß alle Fenster. Aus dem Buffet nahm er eine Schachtel, die mit Spagat verschnürt war, und zog einen Brief heraus, den er las, wieder sorgfältig zusammenfaltete und dann zurücklegte. Darauf ging er in die Küche, drehte den Gashahn auf und steckte den Kopf in die Herdröhre.

Diesmal war es Felipe, der gerade noch rechtzeitig eintraf. Er wollte mit El Tigre noch einmal *Fierro Chifle* proben, das

16

noch nicht so recht saß. Der Gasgeruch strömte bereits ins Stiegenhaus, die Nachbarn halfen, die Tür einzubrechen, Señor Band wurde gerettet.

Während El Tigres Abwesenheit infolge eines weiteren Spitalaufenthaltes nahm sich die Doktorin die Freiheit, etwas in seinen Sachen zu schnüffeln, nach Hinweisen auf sein Leiden. Nach kurzem Suchen fand sie die mit Spagat verschnürte Schachtel im Buffet und öffnete sie. Eine Reihe von Fotos fiel heraus, die Señor Band in seinen jungen Jahren zeigten, manchmal gemeinsam mit einer jungen Frau, derselben wie auf dem Foto auf dem Buffet. Außer alten Zeitungsausschnitten mit Berichten über frühere glanzvolle Konzerte El Tigres und über einige Motorradrennen, an denen er teilgenommen hatte, fand sich nichts Bemerkenswertes, bis sie ganz zuunterst auf ein Päckchen mit fein säuberlich zusammengefalteten Briefen stieß, aus denen sie einen herauszog, der 1967 in Montevideo geschrieben war, und zu lesen begann:

»Lieber Señor Band, verehrter El Tigre! Ich weiß nicht, wie es kommt, daß Sie sich so unverhofft so viel aus mir machen. Ich bin ja gewiß nicht die, als die ich Ihnen jetzt vorkomme. Vergessen Sie mich, lieber heute als morgen. Ich bin eine große Verehrerin Ihrer Kunst, aber von Liebe ist da keine Spur. Sie verschwenden Ihre Gefühle an eine völlig Gleichgültige. Vergessen wir das, besser heute als morgen. Und streichen wir auch das gemeinsame Konzert.«

Die Unterschrift konnte die Doktorin nicht lesen, sie zog einen zweiten Brief heraus, aber da hörte sie ein Geräusch an der Tür, El Tigre kehrte aus dem Krankenhaus zurück, wo er diesmal etwas länger bleiben mußte, da er vom letzten »Unfall« noch nicht ganz wiederhergestellt war, deshalb hatte ihn das Gas so mitgenommen. In den folgenden Tagen versuchte die Doktorin, etwas über eine Tangosängerin namens Margarita in Montevideo herauszubringen, aber sie hatte keinen Erfolg.

Felipe und Zizi veranstalteten ein Fest für El Tigre, bei dem sie seine Rückkehr ins Leben mit großen Mengen Alkohol feierten. Aber selbst in angetrunkenem Zustand war aus ihm nichts herauszulocken. Schließlich verfiel die Doktorin, die auch beigezogen war, zu später Stunde darauf, ein paar Sätze zusammenhanglos vor sich hin zu murmeln: »Sie verschwenden Ihre Gefühle, verschwenden Ihre Gefühle. Von Liebe keine Spur.«

El Tigre starrte sie an, dann begann er plötzlich zu schluchzen. Zizi reichte ihm sein großes, blau-weiß kariertes Taschentuch und schenkte ihm nach. »Warum knöpfst du dir eigentlich vorher immer den Kragenknopf zu, gegen unsere Vereinbarungen?«

»Margarita«, schluchzte El Tigre. »Sie hat mir immer den obersten Knopf zugeknöpft, nach unseren gemeinsamen Nächten. Sonst war sie eher schlampig.«

Zu dritt versuchten sie, El Tigre endlich zum Erzählen zu bewegen, aber er lenkte schon wieder ab. »Damals, als die Bombe hängengeblieben ist, da wurde unser Haus zerstört. Ich hatte eine Spielzeugeisenbahn, und ich habe meinen Vater gebeten, sie an diesem Abend in den Tresor zu sperren. Nachher war sie geschmolzen. Ich habe den sechsten Sinn.«

Mehr sagte er nicht. Am darauffolgenden Sonntag machte er zum ersten Mal wieder einen Ausflug zum Tigre-Fluß. Er bestieg einen der Vergnügungsdampfer und ließ sich zwischen verfallenden Villen und verrostenden Kähnen durchschiffen.

Er blickte in das trübe Wasser, in dem graue Ringe ineinanderliefen. An diesem Abend befiel ihn plötzlich ein Krampf auf der linken Seite, er bekam keine Luft mehr. Es war das Herz. Er bekam ein Medikament mit Nitroglyzerin gegen weitere Angina-pectoris-Anfälle. Abends saß er jetzt meist zu Hause und nahm das alte, kaputte Bandoneón vom Buffet, auf dem längst nicht mehr regelmäßig abgestaubt wurde. Wie ein grauer Wurm lag es auf seinem Schoß. Er brachte ein paar Töne hervor und summte dazu: »Bandoneón der Vorstadt, alter, abgeschlaffter Blasebalg, wie ein von seiner Mutter verlassenes Kind fand ich dich an der Türe eines Klosters mit kahlen Wänden, im Lichte einer kleinen Laterne, die dich in der Nacht beleuchtete.« Señor Band begann zu schluchzen, seine Stimme versagte fast. »Bandoneón, weil du siehst, daß ich traurig bin und nicht mehr singen kann«, – hier nahm er einen Schluck aus der Schnapsflasche, dann schluchzte er weiter: »Weißt du auch, daß ich in meiner Seele einen Kummer trage.« Carlos Band dachte an Onkel Heinrich in Krefeld, der gemütlich im Bett gestorben war, nicht ahnend, welche Karriere dem von ihm erfundenen Instrument beschieden sein sollte, dann sang er mit etwas gefaßterer Stimme weiter: »Ich nahm dich mit auf mein Zimmer, ich wiegte dich an meiner kalten Brust«, jetzt baute er einen virtuosen Lauf ein, von dem nur jeder dritte Ton hörbar war, aber er hatte die Melodie im Kopf –, »Auch ich fand mich verlassen in meiner Bude. Du wolltest mich trösten mit deiner heiseren Stimme, aber deine schmerzlichen Töne haben meinen Kummer nur größer gemacht.« Die Schlußakkorde des Tangos kamen als quietschendes Brummen aus dem alten Instrument, dann hörte man wieder den Lärm von den Straßen von La Boca. El Tigre lag zusammengekrümmt auf dem Sofa und schüttelte sich vor Schluchzen. Er keuchte nach Luft, dann begann er plötzlich zu schreien. Das Schreien wurde immer lauter, er röchelte und rang nach Luft und schrie, wie er noch nie in seinem Leben geschrien hatte. Es war kein Wort zu verstehen, es war nur ein Schreien von einer Kraft, die seinem alten Namen El Tigre alle Ehre machte. Die Nachbarn liefen an seiner Tür zusammen und begannen, dagegenzupochen, aber Señor Band hörte nichts. Schließlich warf sich El Bravo, der Hafenarbeiter war, mit der rechten Schulter dagegen, und die Tür sprang auf.

Den Nachbarn bot sich ein seltsames Bild: Auf dem Boden lag das alte Bandoneón, ein zusammengekrümmter, grauer Wurm, auf dem Sofa lag der alte Señor Band und schrie aus Leibeskräften, wie ein neugeborener Säugling. Man versuchte, ihm gut zuzureden, aber es half alles nichts, bis die Frau von El Bravo, eine Süditalienerin, die vor dreißig Jahren nach Argentinien ausgewandert war, einen Kübel voll Wasser holte und ihn El Tigre über den Kopf schüttete. Er verstummte plötzlich und öffnete die Augen, die er krampfhaft geschlossen gehalten hatte. Als er in die verdutzten Gesichter blickte, die sich über ihn beugten, bekam er plötzlich einen Lachanfall, von dem er sich erst erholte, als ihm die Nachbarn einen Schluck aus der Schnapsflasche gaben, die am Boden stand.

Señor Band fand seine alte Würde wieder. »Es ist nichts«, sagte er, »ich hatte Alpträume von diesem komischen Medikament mit Nitroglyzerin.« Er nahm die Schachtel vom Tisch und warf sie auf den Boden, die Frau des Hafenarbeiters hob sie sofort wieder auf, ging in die Küche und ließ sie im Abfalleimer verschwinden. Als sie in den Salon zurückkehrte, hatte El Tigre schon das alte Foto vom Buffet genommen und die

Schachtel mit den Briefen aus dem Schrank geholt, wo sie zwischen Unterhosen und Socken ruhte. Er ging gemessenen Schrittes in die Küche, lupfte den Deckel das Abfalleimers und legte die beiden Gegenstände zum Müll. Dann schloß er den Deckel, begab sich zurück in den Salon und lud die ganze Gesellschaft zu einer Runde Schnaps ein. Er holte sein großes Bandoneón aus dem Schrank und begann, auf dem Instrument einen Walzer zu spielen. Im Laufe des Abends kam er immer mehr in Fahrt, die Runde der Nachbarn hatte es sich bei ihm gemütlich gemacht und tanzte zu seiner Begleitung. Als Zizi, Felipe und die Doktorin zu später Stunde auf einen Kontrollbesuch vorbeikamen, denn das seltsame Verhalten El Tigres in den vergangenen Wochen hatte ihnen keine Ruhe gelassen, spielte er gerade eine fröhliche Tarantella, mit unbewegtem Gesicht zwar, wie in alten Tangozeiten, aber wieder ganz ein Meister seines Instrumentes.

Am nächsten Tag stattete ihm die Doktorin einen Besuch ab. Sie hatte es sich angewöhnt, sich bei El Tigre nützlich zu machen und leerte die Aschenbecher mit den Zigaretten- und Zigarrenkippen vom vergangenen Abend auf den Müll. Dabei fand sie das Foto und die Schachtel und fischte sie wieder aus dem Abfall. El Tigre bekam einen Wutanfall, als er sie damit in den Salon treten sah, aber die Doktorin ließ sich nicht beeindrucken und stellte die Sachen auf den Tisch. »Was soll das?«, fragte sie streng.

El Tigre drückte ein bißchen herum, dann brummte er: »Alte Sachen, ich will nichts mehr davon wissen. Das Tangospielen hänge ich auch an den Nagel.«

»Das wäre ewig schade«, meinte die Doktorin. »Bei Ihrer Begabung und dieser Familientradition.«

»Aber ich habe es einfach satt, immer diese traurigen Sachen, unversöhnlicher Trennungsschmerz, Einsamkeit, gescheiterte Liebe, mir reicht's einfach.« Er warf einen verächtlichen Blick auf das alte, verschrumpelte Bandoneón von Onkel Heinrich auf dem Buffet.

»Ich bin eine glühende Verehrerin Ihrer Kunst, das können Sie mir nicht antun«, flehte die Doktorin. »Spielen Sie mir wenigstens noch einmal *Fierro Chifle*, heute ist Freitag, der dreizehnte.« Sie sah ihn so enthusiastisch an, daß El Tigre nicht widerstehen konnte. Noch einmal nahm er das große Bandoneón aus dem Schrank und wühlte sich in die Melodie ein. Der abgehackte und doch schwingende Rhythmus, das Schluchzen des Instruments verfehlten nicht ihre Wirkung auf ihn. Mit unbewegter Miene sang er: »Eisenflöte, verzieh dich gefälligst von hier, Eisenflöte, denn du wirst uns anstecken. Klopft auf Holz, denn das Gespenst geht um. Stellt ihm ein Bein, wenn ihr nicht traurig in der Badewanne Schiffbruch erleiden wollt.« Bei der folgenden Strophe sang die Doktorin mit, dann schloß El Tigre pathetisch: »Sollte das alles nichts helfen, dann kauf dir für einen Zwanziger Zyankali, und an einem Freitag, dem dreizehnten, Alter, beißt du ins Gras.«

El Tigre ließ das Bandoneón sinken und verschwand in der Küche. Als er zurückkehrte, sagte er: »Ich muß Ihnen etwas gestehen, ich habe das Gift bereits eingekauft. In der Apotheke, gleich um die Ecke, gegen die Ratten, habe ich gesagt. Soeben habe ich einen Eßlöffel davon genommen, aber ich spüre nichts.«

Die Doktorin riß entsetzt die Augen auf, aber El Tigre beruhigte sie. »Wahrscheinlich bin ich immun. Oder ich bin so ein Pechvogel, daß ich nicht einmal einen Selbstmord schaffe.«

Die Doktorin hatte sich angstvoll Señor Carlos Band genähert und strich ihm über die Stirn. »Keine Schweißperlen, Sie wirken wirklich völlig gesund.«

El Tigre wurde von ihrer Nähe verwirrt und warf ihr einen Blick zu. »Da ist nur eine Kleinigkeit«, sagte er. »Meine Hose ist mir zu eng. Das Mittel wirkt ganz anders bei mir.« Er nahm noch einmal das Bandoneón auf und spielte einige Takte aus *Los mareados*: »Weh tat es mir, dich zu treffen, denn als ich dich betrachtete, sah ich deine Augen glänzen in einem elektrischen Feuer, deine schönen Augen, die ich angebetet hatte.«

El Tigre schloß die Augen und sang weiter: »Heute wirst du in meine Vergangenheit eintreten, in die Vergangenheit meines Lebens. Drei Wunden hat meine Seele: Liebe ... Reue ... Schmerz ... Heute wirst du in meine Vergangenheit eintreten, und heute werden wir neue Wege nehmen. Wie groß ist unsere Liebe gewesen, jedoch ... oh ... sieh, was davon blieb!«

Zwei Stunden später wurden sie durch ein Klingeln an der Türe aufgeschreckt. Es war der Briefträger, der Señor Carlos Band einen Expressbrief aushändigte, den dieser in seinem grau-blau gestreiften Hausmantel entgegennahm. Er holte ein Messer aus der Küche und schnitt den Umschlag auf. Es war ein Schreiben des Apothekers:

»Sehr geehrter Señor Band! Ich muß Ihnen eine traurige Mitteilung machen: Ihre Ratten werden Sie mit diesem Mittel nicht loswerden. Da es sich in La Boca herumgesprochen hat, daß Sie in letzter Zeit gesundheitliche Probleme hatten, konnte ich es nicht verantworten, Ihnen eine so giftige Substanz auszuhändigen. Ich habe meinem Lehrling Anweisung gegeben, Ihnen Kochsalz zu verabreichen, aber heute hat mir der

Schlingel gestanden, daß er Ihnen einen Streich spielen wollte. Das, was Sie als Zyankali eingekauft haben, ist ein von unserer Apotheke im Alleinvertrieb hergestelltes Potenzmittel, das nicht nur bei den männlichen Kundschaften aus unserem Stadtviertel, sondern in ganz Buenos Aires und selbst in den argentinischen Provinzen Anklang findet. Es nennt sich El Tigre porteño und ist vollkommen unschädlich und vor allem bei älteren Herren beliebt. Mein Lehrling ist das lebende Beispiel für die Wirkung dieses Mittels. Ich möchte Sie nur darauf hinweisen, daß die Dosis einen Teelöffel pro Anwendung nicht überschreiten sollte und empfehle mein Produkt zur weiteren gefl. Verwendung.«

El Tigre summte den Titel des Tangos *Eisenflöte* vor sich hin, ließ den Brief dezent in der Tasche des Hausmantels verschwinden und begab sich wieder aufs Sofa, wo die Doktorin wartete.

»Was war denn los?«

»Ach, nichts, bloß ein Irrtum«, flüsterte Señor Carlos Band und trällerte ihr den Schluß von *Eisenflöte* ins Ohr: »Sollte das alles nichts helfen, dann kauf dir für einen Zwanziger Zyankali, und an einem Freitag, dem dreizehnten, Alter, beißt du ins Gras.«

In den nächsten Wochen ging es Señor Carlos Band sichtlich besser. Seine unheilbare Melancholie schien verflogen, er hatte wieder Appetit und erreichte wieder seine alte Hochform auf dem Bandoneón. Die Nachricht von seiner Genesung sprach sich in Buenos Aires herum, und die Bar *La Plata*, wo Zizi, Felipe und er auftraten, erfreute sich eines zunehmenden Besucherstromes. El Tigre und die Doktorin galten bereits als Paar, als ungleiches zwar, aber Gegensätze ziehen sich bekanntlich an. Die Schachtel mit den Briefen hatte El Tigre wieder im Buffet verstaut, das Foto stand nicht mehr auf dem Buffet, sondern lag bei den Briefen. Die Doktorin hatte aus ihm herausgebracht, daß er wegen dieser Margarita aus Deutschland nach Argentinien ausgewandert war, mehr gab er auch in den vertrautesten Situationen nicht von sich. In der Apotheke hatte er sich eine Kurpackung des Präparates *El Tigre porteño* verschafft, das ihm wegen des ihm gespielten Streiches gratis zur Verfügung gestellt wurde. Zwar nicht offiziell, aber unter der Hand warb der Apotheker mit dem sichtlichen Aufblühen von Señor Carlos Band für sein Präparat. Auch seine Geschäfte blühten wie nie.

Als die Kurpackung langsam zu Ende ging, hatte El Tigre einen Traum. Er badete mit der Doktorin in einem See, in dem er in seiner Kindheit in Deutschland immer gebadet hatte. Es waren noch mehr Menschen im Wasser, die aber alle keine Gesichter hatten. Die Doktorin trug keinen Badeanzug, sondern ein Kleid, unter dem sie nichts anhatte. Plötzlich, bei irgendwelchen gymnastischen Verrenkungen, rutschte das Kleid nach oben, so daß alle ihre dichten schwarzen Haare sahen. Am nächsten Morgen nahm El Tigre das Foto aus dem Schrank und stellte es wieder auf dem Buffet auf, nachdem er es mit dem Zipfel seines Taschentuches sorgfältig poliert hatte. Bei den Zusammenkünften mit der Doktorin wurde er zunehmend lustloser und weigerte sich auch, das Präparat *El Tigre porteño* weiterhin einzunehmen. »Wer weiß, was dieser alte Gauner da alles hineinmischt«, meinte er, als er einmal mit der Doktorin an der Apotheke vorbeispazierte. »Vergiß nicht, ich habe das Mittel schließlich als Rattengift eingekauft.«

Auf dem Bandoneón jedoch war er weiterhin ein Meister seines Faches. Da vor allem ihre Interpretationen alter Tango-klassiker sehr beliebt waren, studierte er mit Zizi und Felipe wieder ein paar alte Nummern ein. Unter den Zugpferden war auch *Rencor*, ein Tango aus dem Jahre 1932. El Tigre ent-wickelte eine besondere Vorliebe für diese Nummer, er sang sogar manchmal den Text mit Felipe mit: »Groll, mein alter Groll, laß mich den feigen Verrat vergessen. Siehst du nicht, daß ich nicht mehr kann, daß ich vom vielen Weinen ausge-trocknet bin? Laß mich wieder leben und den Schmerz ver-gessen, der mich gestern ohrfeigte. Groll, ich will wieder der sein, der ich war, ich will wieder leben.« Hier war El Tigre noch guten Mutes, aber schon bei der zweiten Strophe be-gann ihn die Erinnerung an Margarita wieder zu quälen: »Die-ser verfluchte Haß, den ich in den Adern habe, verbittert mir das Leben wie eine Strafe. Das Böse, das sie mir zufügte, ist eine offene Wunde, aus der sich über meine Brust Zorn und Galle ergießen. Meine Augen hassen sie, weil sie sie ansahn; meine Lippen hassen sie, weil sie sie küßten. Ich hasse sie mit der ganzen Kraft meiner Seele, und mein Haß ist so groß, wie meine Liebe es war.«

Die Doktorin litt unter El Tigres neuem Seelenzustand, denn sie hatte sich in ihn verliebt. Sie beriet sich mit Zizi und Felipe, und gemeinsam beschlossen sie, ihn wieder einmal zu einem Ausflug zu animieren und bei dieser Gelegenheit das Rätsel dieser Margarita zu lüften. »Es gab einmal eine berühmte Tangosängerin, in Uruguay, die so hieß. Aber daß El Tigre die gekannt hat?« sinnierte Zizi. Der Doktorin tat es leid, daß sie nur einen einzigen Brief gelesen hatte, aber in-zwischen hütete El Tigre seinen Schatz eifersüchtig.

Am Sonntag wollten sie alle zusammen zum Tigre-Fluß fahren und eine Schiffahrt machen, aber El Tigre weigerte sich kategorisch. Er wollte in der Stadt bleiben; sie mußten alle ihr Picknick auf dem Rasenplatz vor dem Teatro Colón verzehren und die fußballspielenden Knaben betrachten, anschließend wollte El Tigre auf den Friedhof. Schweigsam ging er zwischen den marmornen Grabdenkmälern, Engeln, Urnen auf Sockeln und abgebrochenen Säulen. Es war kein Wort aus ihm herauszubringen. Dann gingen sie in seine Wohnung in La Boca, er bewirtete sie mit chilenischem Rotwein, war aber ebenso schweigsam wie den ganzen Tag vorher. Er selbst trank nichts. Als Zizi und Felipe schon etwas angeheitert begannen, ihn mit Margarita zu hänseln, warf er sie aus der Wohnung, die Doktorin ging von selbst. Zu Hause in ihrer Wohnung, die gleich neben der Praxis lag, irrte sie eine Zeitlang durch die Räume, dann ergriff sie die Gießkanne und begann die Kakteen zu wässern, von denen einige wie graue Steine in ihren Töpfen wuchsen.

Zizi und Felipe berieten sich in ihrer Stammkneipe. Felipe war in seiner Jugend einmal etwas Besseres gewesen: Er hatte als Hausmeister auf der Universität gearbeitet. Nach fünf Gläsern Tequila nahmen Zizi und Felipe all ihren Mut zusammen und begaben sich ins musikwissenschaftliche Institut, in die Abteilung für Geschichte und Soziologie des Tangos, wo sie in der Sängerkartei tatsächlich die Adresse einer Margarita Ordoñez in Montevideo/Paraguay fanden, die zwanzig Jahre vorher ein gewisses Renommee als Sängerin genossen hatte. Gemeinsam entwarfen sie einen Brief, in dem sie schrieben, daß sie ihrem alten Freund Carlos Band, genannt El Tigre, eine Überraschung bereiten wollten, indem sie ihm eine Nachricht von der Person überbrachten, deren Foto seit Jahren sein Buffet zierte. Drei Wochen später erhielten sie tatsächlich einen Antwortbrief. Margarita Ordoñez hieß inzwischen Margarita Vogel, deshalb hatte es etwas länger gedauert, bis man ihre Adresse gefunden hatte. Sie lebte in der Schweizer Kolonie Nueva Helvecia und war mit einem Käseproduzenten verheiratet, der eine wichtige Rolle in der Milchwirtschaft des Landes spielte. Sie hatte ein Foto beigelegt, auf dem sie von fünf Kindern umgeben in die Kamera lachte, und bat um die Adresse El Tigres. Zizi und Felipe beschlossen, daß sie genug getan hatten, schickten ihr die Adresse und ließen den Dingen ihren Lauf.

El Tigre hatte sich wieder in seine Höhle verkrochen und malträtierte das alte Bandoneón. *Rencor* ließ ihm noch immer keine Ruhe. Er blickte auf die leere Kurpackung von *El Tigre porteño*, er blickte auf Margaritas Bild auf dem Buffet, und er sang: »Gebe Gott, daß ich sie eines Tages in diesem Leben wiedertreffe, wenn sie besiegt ihre traurige Vergangenheit beweint, um auf sie die ganze Verachtung auszuspucken, die mein Leben mit bitterem Groll begeifert. Ich hasse sie, denn sie hat meine Liebe zerstört und mich verletzt. Und ich hasse sie wegen eines Zweifels, der an meinem Herzen nagt. Sag niemals weiter, was ich dir jetzt flüstere: Groll, ich fürchte, daß du Liebe bist!« Anschließend schlenderte er durch die Stadt, kaufte in einem Antiquariat ein Buch von einem gewissen Dr. Eugen Steinach: *Sexo y vida. Cuaranta años de experimentos biológicos y médicos*, das 1942 im Verlag Edición Losada erschienen war, und ging ins naturwissenschaftliche Museum, wo er, wie immer bei seinen Besuchen, drei Tiere besichtigte: Phyllomedusa bandi, Microstilbon bandi und

Priodontes giganteus bandi. Alle drei hatte ein anderer Großonkel von ihm entdeckt, der ein berühmter Naturforscher gewesen war und von dem es in Buenos Aires sogar ein Denkmal gab. Phyllomedusa war ein Frosch, Microstilbon ein
Kolibri und Priodontes giganteus ein Gürteltier.

Als er nach Hause kam, steckte ein Brief aus Uruguay im
Briefkasten, ohne Absender, aber Señor Carlos Band stürzte
voll Elan die Treppen hinauf und riß den Brief ganz gegen
seine zeremoniellen Gewohnheiten schon im Laufen auf.

*»Liebster! Deine Freunde haben mir Deine Adresse ge-
schickt; nach so vielen Jahren wieder ein Lebenszeichen von
Dir! Ich habe Dich nie vergessen, obwohl Du mich damals so
sang- und klanglos hast ziehen lassen, als ich vor Dir fliehen
mußte, weil ich Deine Eifersucht nicht mehr aushielt. Ich habe
Dir ein paar Mal geschrieben, aber die Briefe kamen immer
zurück. Ich habe inzwischen geheiratet, auf dem Foto kannst
Du meine fünf Kinder bewundern, aber ich habe Dich nie vergessen. Meine zwei ältesten Söhne spielen das Bandoneón und
lernen eifrig die alten Melodien des legendären El Tigre. Ich
bin jetzt glücklich, aber Dein Bild hat noch immer einen Ehrenplatz bei mir. Deine Margarita.«*

El Tigre machte einen Luftsprung, zog ein paar Notenblät-
ter aus einer Schublade des Buffets, in der er sie schon lange
verwahrt hatte, und schickte Margarita die Noten für ein Wie-
genlied im Tangorhythmus, das er für sie komponiert hatte.
Dann zog er einen Umschlag aus dem Schrank, auf dem
»Mein Testament« stand, legte ihn gut sichtbar auf den Tisch
und verschloß die Wohnung sorgfältig. Er verreiste in Richtung Feuerland, wo ein eiskalter See ebenfalls den Namen seines naturforschenden Ahnen trug.

Man hörte nichts mehr von ihm, sämtliche Erkundungen blieben erfolglos. Die Doktorin brachte Drillinge zur Welt, die sie aus Nostalgie in Windeln mit Tigermuster wickelte, und bewahrte El Tigre ein ehrendes Andenken. Zizi und Felipe mußten ihre Formation auflösen, da mit El Tigre der alte Tango verschwunden war. Man sah sie manchmal abends vor dem Denkmal des Naturforschers sitzen, der den Familiennamen El Tigres trug, und zur Erinnerung an die alten Zeiten eine Flasche nach der anderen leeren. Das Bandoneón landete ebenfalls im Museum.

Señor Carlos Band reiste inzwischen am Lago Band vorbei bis an die Südspitze Südamerikas. In Ushuaia/Feuerland besuchte er ein Puff im militärischen Sperrgebiet. Er fuhr bei strömendem Regen im Taxi am Lager mit den Öltanks vorbei, von ferne den Leuchtturm betrachtend. Wegen des kalten Wetters trug er einen Regenmantel und eine Zipfelmütze. Vor einer großen, langgezogenen Baracke aus Holz machte er Halt und trat durch eine Doppeltüre ins Innere. Auf einem Thron empfing ihn die alte Puffmutter, an jedem Finger einen Ring, und sprach ihn an:

»Que tu quieres?«

»Quiero mujeres.«

»Tu tienes dollares?«

Nachdem Señor Band um den Kurs gefeilscht und einen akzeptablen Preis durchgesetzt hatte, klatschte die Puffmutter kräftig in ihre alten, zerfurchten Hände, worauf ungefähr zehn Damen in halbseidener Gewandung an ihm vorbeitanzten. El Tigre traf seine Entscheidung innerhalb von zehn Sekunden. »Ein Mann weiß, was er will«, sagte er sich und zeigte auf eine leicht mollige Dunkelhaarige mit rehbraunen Augen und großem Busen. »Die ist's.« Nachdem seine Auserwählte als Bezahlung von der Puffmutter Plastikperlen erhalten hatte, damit sie mit dem Geld des Freiers nicht flüchten konnte, traten sie ins Freie, auf einen großen Hof zwischen den Baracken, auf dem Schäferhunde im Regen hin- und herliefen. El Tigre mußte sich an der Hand führen lassen, sonst würden ihn die Schäferhunde zerfleischt haben. Der Wind riß ihm seine Zipfelmütze vom Kopf, ein Schäferhund schleppte sie in die Hundehütte. In einer Baracke am anderen Ende wies ihnen der Barackenwärter einen Raum zu, in dem ein glühender Ölofen stand, der das Zimmer völlig überhitzte. Ein breites Holzbett, ein kleines Nachtkästchen, ein Hocker, eine kleine Garderobe, sonst war nichts vorhanden. Es gab weder Musik noch etwas zu trinken.

Nachdem sie das normale Programm abgewickelt hatten, begann El Tigre ein Gespräch mit seiner Partnerin. Sie tat es, weil sie nichts gelernt hatte und gehofft hatte, auf diese Art und Weise einen reichen Mann kennenzulernen. Das hatte sich als Illusion herausgestellt, das Geld strich die Puffmutter ein. Viele Touristen verirrten sich nicht nach Ushuaia, und auch mit den Militärs tat sich nicht mehr viel, seit die Engländer den Krieg um die Islas Malvinas gewonnen hatten. An dieser Stelle konnte El Tigre nicht umhin, seiner Partnerin, die sich Evita nannte, ein paar Zeilen aus dem Tango *Amurado* ins Ohr zu singen, mit einer Stimme, die vor Trauer tief und rauh klang: »Wie viele Nächte streune ich nicht herum, beklommen und schweigsam, und denke an meine Vergangenheit mit meiner Freundin, der Illusion, zurück.« Evita drückte sich an El Tigres breite Brust, flüsterte: »Du auch?« und sah ihn mit großen, grauen Augen an. El Tigre blieb schweigsam, Evita erzählte, daß die Geschäfte eine Zeitlang besser gegangen waren, als wegen einer winzigen Insel im Beagle-Kanal, die von sieben Schafen und einem Schäfer bewohnt wurde, aber auf der man Erdöl vermutete, fast ein bewaffneter Konflikt mit Chile ausgebrochen wäre. Seit außerdem die Militärjunta von der Regierung Alfonsín abgelöst worden war, herrschte in der Branche im wahrsten Sinne des Wortes tote Hose. Das einzige Touristenhotel, das Hotel Albatros, war im vergangenen Jahr abgebrannt und befand sich noch im Wiederaufbau, das Hotel des Automobilclubs von Argentinien stand nur Mitgliedern offen, die sich mindestens ein halbes Jahr vorher anmelden mußten. Die Geschäfte blühten also keineswegs, El Tigre war der erste Kunde nach langer Zeit. In der Hitze des kleinen Zimmers mit dem glühenden Ofen drückten sie noch einmal ihre schwitzenden Körper aneinander, dann faßte El Tigre einen Entschluß. Stumm verließ er mit Evita die Baracke. Ohne ein Wort zu verlieren, wurde er von ihr an der Hand über den Hof geführt, die Schäferhunde knurrten mit gesträubten Nackenhaaren, wagten sich aber nicht heran. In der Bar verlangte El Tigre von der Puffmutter seine Zipfelmütze zurück und verschwand mit ihr im Büro. Als er wieder herauskam, wartete Evita noch immer auf ihn. Er überreichte ihr ein Bündel Geldscheine und sagte: »Du bist frei. Wenn du willst, warte ich im Hotel Albatros auf dich, sie werden schon ein Zimmer fertig haben.« Dann stülpte er die Zipfelmütze über seine grauen Haare und verschwand im Regen.

Jahre später drang ein Gerücht nach Buenos Aires, an der Südspitze von Feuerland gebe es ein Hotel, wo ein alter, aber guterhaltener Wirt und seine junge Frau von Zeit zu Zeit Tangos zum besten gäben.

Trilogie der Liebesleiden

In Linz beginnt's
oder
Die romantische Liebe

»Jetzt gehe ich ins Kloster«, dachte Amanda voller Verzweiflung und schlug ihren Kopf gegen die Mauer eines alten Hauses in der nächtlichen Linzer Altstadt, in der Nähe des Hauptplatzes. Sie weinte hemmungslos, denn Nikolaus, den sie liebte, hatte ihr soeben erklärt, er wolle mit einer Tänzerin aus Essen zusammenleben und sie verlassen. Er schlang den Arm um ihre heftig bebenden Schultern, und als Amanda sich endlich beruhigt hatte, führte er sie in den Gasthof *Zum Goldenen Anker*, wo er ein Zimmer für sie gemietet hatte.

Schon bei der Überquerung des Hauptplatzes schüttelte sie seinen Arm ab und erklärte resolut, daß das alles nicht wahr sein könne. Es stimme nicht, daß Nikolaus sie nicht mehr liebe, und er ergriffe nur die Flucht vor ihr. Nikolaus blieb eisern und verabschiedete sich an der Gasthaustür, doch nach kurzem Besinnen machte Amanda kehrt, lief ihm nach und hielt ihn fest. Sie glaubte an die Liebe im allgemeinen und an die zwischen Nikolaus und ihr im besonderen, und sie vertraute grundsätzlich auf ein gütiges Schicksal. Nikolaus war ihr vor einem Jahr wie ein Geschenk des Himmels in den Schoß gefallen, und dieses Glück wollte sie für sich bewahren.

Sie wollte es bei diesem Treffen in Linz, als sie sich nach längerer Trennung zum ersten Mal wiedersahen, in der allerkörperlichsten und zugleich seelenvollsten Art auskosten. So schleppte sie Nikolaus mit in ihr Gasthofzimmer, ohne sich von seinem Sträuben und seinen Einwänden beirren zu lassen. Oben angekommen, ließ Nikolaus seine Reserven fallen und bestieg mit ihr das schmale Eisenbett. Amanda bemerkte später nur noch glücklich und schlaftrunken, wie er sich leise davonmachte, um bei seiner Tante zu nächtigen.

Nikolaus war ein schöner junger Mann und Amanda ein feuriges Mädchen. Sie hatten sich bei einem Vortrag über »Wiedergeburtsmythen in der Altsteinzeit« kennengelernt und seither nicht voneinander gelassen, obwohl er weit von ihr entfernt in Deutschland lebte. Er hatte einen ebenmäßig gebauten Körper, eine dunkle Haut, schwarzes Haupt- und Schnurrbarthaar und blaue Augen. Amanda dachte bei seinem Namen immer an Nikolaus Lenau, und regelmäßig fiel ihr dann die Gedichtzeile ein: »Hast ein Reh du lieb vor andern«, obwohl das Gedicht von Eichendorff war. Nikolaus hatte ihr einmal als Geschenk einen Strauß blauer Tulpen mitgebracht, die elektrisch leuchteten und als Lampe auf ihrem Klavier dienten, das allerdings wegen Verziehung der Stimmstöcke und Mottenfraß in den Filzauflagen der Hämmer irreparabel war.

Bei ihrem ersten Treffen nach der paläolithischen Wiedergeburt hatten sie sich in Wien bei der Besichtigung des Zentralfriedhofs abseits in ein Brennesselgestrüpp geschlagen, und dort war Amanda ebenfalls in Tränen ausgebrochen, aber nicht wegen der Brennesseln. Sie befand sich damals in einer heftigen Lebenskrise und glaubte, niemand auf der Welt

34

außer Nikolaus würde sie lieben. Verknüpft war dieses Gefühl mit der Erinnerung an ein frühes Kindheitstrauma, eine Geschichte, die ihr erzählt worden war, seit sie sich erinnern konnte. Amanda hatte im Alter von sechs Tagen eine Nacht lang durchgeschrien und war dann von ihren zu Tode erschrockenen Eltern, die ihre Tochter im Stil der fünfziger Jahre erziehen wollten, doch noch aus dem Stubenwagen geholt worden, blau und am Rande des Grabes, weil sie eine unerkannte Nabelsepsis hatte. Gerettet wurde sie durch die Kraft ihrer Stimme (noch dazu, wo sie fast eine Frühgeburt war: Sie hatte es nicht mehr erwarten können, das Licht der Welt zu erblicken und war drei Wochen vor dem Termin in einer kurzen, schmerzlosen Sturzgeburt mit Vehemenz ins Dasein getreten, hätte also in dieser Nacht noch friedlich als Embryo im Mutterleib schaukeln sollen), gerettet also wurde sie durch die Kraft ihrer Stimme, das Penicillin und die Liebe ihrer Mutter, die sie trotz zahlreicher Kinderkrankheiten inmitten einer Schar von Geschwistern erfolgreich aufzog. Von seiten ihres Vaters bescherte ihr dieser dramatische Auftakt ihres Lebens eine doppelte Portion Heiligen Geistes: Sie wurde von ihm mit lauwarmem Kamillentee (Weihwasser war in der Schnelligkeit keines zur Hand) auf den Namen Amanda notgetauft und später noch einmal ordnungsgemäß vom Pfarrer in der Kirche, im Familientaufkleid.

Jetzt schluchzte sie in Nikolaus' Armen zwischen den Brennesseln und ließ sich von ihm Mut zusprechen. Er trocknete ihre Tränen, betrachtete sie von oben bis unten und riet ihr, sich einmal vor Augen zu halten, was sie selbst aus sich gemacht hatte, gleichgültig, ob andere sie liebten oder nicht. Damals waren sie anschließend mit der Straßenbahn in die

Stadt gefahren, hatten sich mit einer Klofrau vom Südbahnhof, die zu den wenigen Fahrgästen an diesem Pfingstsonntagnachmittag zählte, über die mögliche weitere Entwicklung des Wetters unterhalten und waren dann ins *Metropol* gegangen, wo sie sich einen englischen Kriminalfilm, der im achtzehnten Jahrhundert spielte, anschauen wollten. Auch bei dieser Gelegenheit setzte sich die Glückssträhne fort, die in Amandas und Nikolaus' Schicksalsnetz geflochten war, seit sie sich liebten. Nikolaus hatte ihr bald nach ihrem Kennenlernen einen Brief in einem blauen Umschlag geschickt, der eine Fotografie enthielt, die in einem Hotelzimmer in Marienbad aufgenommen worden war. Sie zeigte oben auf dem Schrank Nikolaus' gestrickte Wollwintermütze und daneben aufgestellt ein Buch von einer gewissen Gertrud Höhler mit dem Titel *Das Glück – Analyse einer Sehnsucht.* Zur Sehnsuchtsbekämpfung hatte Amanda damals Nikolaus angerufen, und das erste Wunder ereignete sich: Sie warf bloß einen Schilling in die Telefonzelle und konnte endlos mit ihm reden. Im *Metropol* ereignete sich dasselbe: Die Kinovorstellung war ausverkauft, doch plötzlich trat ein Mann auf Amanda zu, der irrtümlich zwei Karten zuviel für Bekannte gekauft hatte, und bot sie ihnen an. Nach dem Kino schleckten sie ein Eis und schlenderten eng umschlungen durch die Stadt. Amanda hatte den Eindruck, daß die Leute sie verwundert betrachteten und manchmal lächelnd stehenblieben. Als sie plötzlich in einem Schaufenster ihr Spiegelbild entdeckte, blieb auch sie verwundert stehen: Nikolaus und sie sahen so jung und glücklich aus, daß sie förmlich strahlten. Nikolaus jedoch machte keine Anstalten, in ihr Zimmer in der Pension *Franz* hinter der Votivkirche zurückzukehren, sondern zog sie auf immer neue Umwege. Schließlich kamen sie aber doch in dem mit Bildern im Makart-Stil gründerzeitlich dekorierten Stiegenhaus an und betraten die Nr. 201. Nun verstand Amanda den Grund von Nikolaus' Zögern: Sie lagen bald zwischen den Laken des viel zu weichen Pensionsbettes und hielten sich eng umschlungen, doch Nikolaus' Liebeswerkzeug versagte in dieser Nacht, die ihre erste Liebesnacht war, den Dienst. Amanda drückte ihn an ihr Herz und ließ sich von ihm streicheln, bis sie glückselig in seinen Armen einschlief; Nikolaus verbrachte etwas unruhigere Stunden.

Er war der älteste Sohn eines vermögenden, aber geizigen Beamtenpaares: Noch jahrelang erzählte sein Vater voller Stolz, daß er zur Feier der Geburt seines Sohnes sich den Luxus eines Achtels Rotwein gegönnt habe. Seine Mutter sperrte abends zu Hause den Küchenschrank ab, damit sich außerhalb der Zeit niemand etwas zu essen holen konnte. In dieser tristen Atmosphäre wuchs Nikolaus neben einem jüngeren Bruder heran, der angeblich lediglich geboren worden war, damit Nikolaus kein Einzelkind bliebe. Seine Eltern besserten eigenhändig seine Hausaufgaben und Schulzeichnungen aus, damit Nikolaus ihnen keine Schande mache. Als er erwachsen war, verließ er sein Heimatland und ging nach Deutschland, um dort sein Brot zu verdienen und sein Glück zu suchen. Amandas zärtliche Liebe war ihm bei einem seiner seltenen Besuche zugefallen, die er dem Land seiner Kindheit von Zeit zu Zeit abstattete.

Am nächsten Morgen führte Nikolaus Amanda in das Haus Berggasse Nr. 19, wo sie sich gemeinsam in das Besucherbuch des Sigmund-Freud-Museums eintrugen. Bei dieser Gelegenheit kaufte sich Amanda eine Ansichtskarte von Freuds mit orientalischen Teppichen belegtem Behandlungssofa, das sie über ihrem Schreibtisch aufhängte. Nikolaus und Amanda verabschiedeten sich am Westbahnhof voneinander, nicht ohne vorher in einem Automaten ein gemeinsames Foto angefertigt zu haben, auf dem sie sich während ihrer Trennung anblicken konnten.

Amanda hielt es nicht lange ohne Nikolaus aus und flog bald darauf zu ihm nach Berlin, im Sommer 1984, der eine Hitzewelle mit Temperaturen bis zu 34° Celsius brachte. Als Nikolaus sie am Flugplatz abholte, wohin sie nicht auf Flügeln des Gesanges, aber mit einer kleinen Chartermaschine geflogen war, hielt er einen blauen Eisenhutstengel voller Blüten in der Hand, den er ihr zur Begrüßung überreichte. Amanda, die botanisch sehr bewandert war, wies ihn auf die Giftigkeit dieser Blume hin, doch der ahnungslose Nikolaus hatte sie lediglich wegen ihrer Farbe und Form gekauft.

An einem der folgenden Abende besuchten sie eine Vorstellung des Musicals *Ghetto*, in der Inszenierung von Peter Zadek in der Freien Deutschen Volksbühne. Amanda fühlte sich allein: Sie spürte, daß sie Nikolaus nie erreichen würde, denn das Debakel der ersten Nacht hatte sich zwar nicht wiederholt, doch wollte Nikolaus mit ihr lediglich eine Woche anstatt des ganzen Lebens verbringen. Auf der Bühne sang Esther Ofarim einen melancholischen Tango von Peer Raben, und Amanda spürte ihren Schmerz so heftig, daß ihr die Tränen über die Wangen rollten. Nikolaus hielt ihre Hand und erzählte ihr nachher, daß er sich ihr noch nie so nahe gefühlt habe. Amanda küßte seine Nase und schneuzte sich.

Ein Jahr später, denn solange hatten sie beide ihre Liebe noch gepflegt, traf sie ihn zur scheinbaren Versöhnung und dann zur – wie sie glaubte – endgültigen Trennung in Linz. Nikolaus war am nächsten Morgen nicht erschienen; sie verabschiedeten sich erst gegen Abend in einem Antiquariat, wo Amanda zufällig ein Buch aus den zwanziger Jahren in die Hände fiel, das eine Serie von Totenmasken zeigte. Amanda begleitete Nikolaus zur Haltestelle der Straßenbahnlinie Nr. 3, die ihn zum Bahnhof führen sollte, drückte ihn an sich und gab ihn frei. Er wollte nicht einmal zum Zug begleitet werden.

Nikolaus schrieb ihr immer wieder Briefe, munterte sie auf und verblüffte sie mit Ideen zu neuen Projekten. Ein halbes Jahr nach ihrer Trennung besuchte er sie und verbrachte mit ihr drei Tage ohne Tränen. Statt einer blauen Blume hatte er diesmal gelbe Tulpen mitgebracht, doch Amanda war in ihrem innersten Herzen noch immer von ihrer Liebe überzeugt. Dann sahen sie sich flüchtig auf einer Tagung: Er hatte vorher eine Ansichtskarte geschickt, die sein Kommen ankündigte und auf der ein glatzköpfiger Mann abgebildet war, der aus den Fluten eines Flusses auftauchte. Amanda versuchte noch einmal, ihn zurückzugewinnen, doch ohne Erfolg. Er reiste ohne sie ab, da plötzlich ein blondes Wesen im 2CV aufgetaucht war, das ihn einfach entführte. Amanda knirschte mit den Zähnen und ärgerte sich noch mehr, als sie bei ihrer Rückkehr nach Hause eine Ansichtskarte fand, die leider zu spät angekommen war. Sie zeigte ein elegantes Paar in Schwarz-Weiß bei einem exquisiten Abendessen und trug den Text: »Invitation à un dîner en ville.« Es wurde ihr ganz warm ums Herz, und sie schrieb ihm eine Karte, daß sie diese Einladung gern bei passender Gelegenheit annehmen würde. Sie wußte zwar nicht, ob Nikolaus' Adresse noch stimmte, aber sie hoffte, er würde immer wieder auftauchen und sie finden, auch wenn sie in Südamerika zehn Waisenkinder großzöge. Die nächste Karte kam aus Dubrovnik, zeigte ein zerbröckelndes Reiterdenkmal und trug den Text: »Liebe Amanda! Ich umkreise gerade den potentiellen Humboldt-Stipendiatsort Budapest vom Süden her. Der Ostblock läßt mich nicht los. Liebe Grüße Nikolaus.«

Amanda dachte, daß ihn wahrscheinlich etwas ganz anderes nicht losließe, und ballte die Faust. Nikolaus' Adresse hatte sie verloren, er reiste irgendwo in der Welt herum, er hatte sie verlassen. Bei einem Freund blätterte sie zufällig in *Horizontal*, dem Gewerkschaftsblatt der österreichischen Prostituierten, und las folgende Anzeige: »Hast du Lust, schnell und viel Geld zu verdienen? Komm zu uns in die Villa Ostende! Geregelte Arbeitszeit – nette Kolleginnen – schöne Zimmer – günstige Miete – Arbeitszeit, wie Du möchtest, Tag oder Nacht. Komm in die Eisenbahngasse 14, und Du wirst sehen, daß man auch heute noch auf saubere Art viel Geld verdienen kann. Villa Ostende, Linz, Eisenbahngasse 14.« Amanda packte ihren Koffer, ging auf den Bahnhof und löste eine Fahrkarte nach Linz.

Der Biografiegenerator

In Fannys Leben klaffte ein Abgrund. Seit sie sich von ihrem Jugendfreund getrennt hatte und 700 Kilometer weit weggezogen war, wurde sie ihres Lebens nicht mehr froh. Tiefe Melancholie lastete auf ihrem Gemüt, sie bekam einen sogenannten »Witwenbuckel« und einen schleppenden Gang. Der Abgrund klaffte, die Sinnfrage blieb ungelöst. Sich in soziale oder politische Aktivitäten zu stürzen, war ihr bei ihrem skeptischen Temperament versagt. Sie zeigte Symptome, die man bei Pflanzen als Etiolismus bezeichnet: Wenn sie zuwenig Sonne bekommen, entwickeln sie lange, schwache, gelbliche Triebe, sie welken dahin. Fanny stand in der Blüte ihrer Jahre und fühlte sich wie eine Topfpflanze in einer Abstellkammer.

Unzufrieden stand sie von der Schreibmaschine auf. Das war kein Anfang für eine Erzählung. Sie setzte sich wieder hin und begann, an den Fingern zu saugen. Die Nägel waren geputzt, die Geschichte würde sauber werden. Sie sog und sog, und plötzlich spürte sie einen ihr unbekannten Geschmack im Mund. Nach und nach bemerkte sie, wie sich etwas Festes auf ihrer Zunge bildete, und dann spuckte sie ein Etwas aus, das wie ein kleines Männchen aussah. Sie sog und sog immer weiter und spuckte eifrig, bis circa vierzehn Männchen beisammen waren, dann ging nichts mehr. Sie standen um sie herum und sahen sie mit großen, flehenden Augen an, ein ganzer Trupp, der zu literarischem Leben erwachen wollte. Da half alles nichts, sie mußte ihnen zu einer Existenz verhelfen. Also setzte sie sich wieder an die Schreibmaschine und begann von neuem.

»Pater, peccavi!« stammelte Fanny schuldbewußt durch das Gitter, hinter dem sich der Kapuziner nach vorne neigte, um ihre Beichte zu hören. Sie hatte seit zwanzig Jahren nicht mehr gebeichtet, doch nun wollte sie ein neues Leben beginnen und hielt es für gut, sich vorher Klarheit und Reinigung zu verschaffen. Zur Vorbereitung hatte sie im *Gotteslob* den Abschnitt »Beichte und Buße« durchgelesen, der von Seite 97 bis Seite 147 reichte. Für »Taufe und Kommunion« reichten zehn Seiten. Fanny war bei der Lektüre an der Stelle zusammengezuckt, an der es darum ging, daß der Mensch als Mann und Frau existiert. Ihre Sündenlast war ihr schlagartig klar geworden, als sie las, daß man dem anderen Geschlecht »unbefangen« gegenübertreten müsse. Das konnte Fanny von sich nicht behaupten, sie hatte im Gegenteil einiges auf dem Kerbholz. Sie konnte sich eigentlich nicht erklären, wie sie da hineingeschlittert war, schuld war die Trennung vor sieben Jahren, die hatte sie aus dem Gleichgewicht gebracht. Fanny blickte durch das mit runden Löchern versehene Beichtgitter auf das bärtige Gesicht des Kapuziners und atmete den eigenartigen Beichtstuhlgeruch ein. Aus der Kirche hörte man schleppende Schritte, dann fiel eine Tür ins Schloß.

Fanny begann: »Pater, helfen Sie mir. Ich habe vieles getan, was ich nicht hätte tun dürfen, aber ich weiß nicht, wie anfangen.«

Der Kapuziner hob sein Haupt und blinzelte durch das Gitter. »Es handelt sich vermutlich um das sechste Gebot«, sagte er mit einem Blick auf Fannys jugendliches Gesicht. »Nur zu, meine Tochter, nur zu, ich bin einiges gewöhnt. Beginne einfach mit dem Ersten.«

Fanny gab sich einen Ruck und begann: »Es war, kurz be-

vor ich hierher übersiedelte. Eine Freundin, die ich auf der
Reise besuchte, hatte sich über mein Schicksal schon Gedanken gemacht und wollte mich unbedingt an den Mann bringen. Sie empfahl mir einen bekannten Arzt, vielbegehrter
Junggeselle, weltmännisch und ein früherer Freund einer
ihrer Freundinnen. Ich war neugierig. Als ich ihn zum ersten
Mal sah, war ich enttäuscht, er sah gar nicht besonders aus und
hatte zudem einen Tick. Sein rechter Mundwinkel zuckte
nach oben, wenn er nervös war. Nach einem Fest saßen wir
noch bis spät in den Morgen bei ihm zu Hause, und da muß
es passiert sein. Irgendwie habe ich mich in ihn verliebt. Ich
nächtigte in dieser Nacht, oder besser an diesem frühen Morgen, auf dem Sofa in seinem Wohnzimmer, er mit seiner
Freundin in seinem Schlafzimmer. Er brachte mir eine
Decke, deckte mich zu und sagte: ›Ich sehe schon, was los ist.‹
Sonst nichts. Dann sah ich ihn eine Weile nicht mehr. Dafür
lernte ich bei einer Vernissage einen Maler kennen, der neben
mich zu sitzen kam, mir tief in die Augen blickte und sagte:
›Was für eine Frau!‹ Er lud mich dringend ein, ihn einmal zu
besuchen, ich tat es aber lange nicht. Der Arzt ging ab und zu
mit mir ein Glas trinken, sonst geschah nichts. Er bemühte
sich um mich, aber gleichzeitig hielt er mich auf Distanz. Als
ich ihn einmal anrief und mich mit meinem Vornamen meldete, fragte er: ›Welche Fanny?‹, so als ob er mich nicht er-
kannt hätte. Eine seiner früheren Freundinnen hatte den gleichen Vornamen gehabt. Ich sah mich schon als Frau an seiner
Seite, plante, noch einmal ein Studium aufzunehmen, um ihm
in seinem Beruf helfen zu können. Dann kam der entschei-
dende Abend. Wieder wurde eine Ausstellung eröffnet, wieder traf sich anschließend eine fröhliche Runde, zuerst in ei-

nem Bierlokal, dann bei einem Kunsthistoriker zu Hause. Wir saßen bis in den frühen Morgen, wie üblich. Der alte Maler war auch da und strich nahe hinter mir an meinem Sessel vorbei, wobei er bei der Berührung leicht zögerte. Der Gastgeber machte gegen vier Uhr früh Rühreier für die letzten Gäste. Seine Frau erzählte, wie sie vor Jahren überstürzt zu einer Reise nach Italien aufgebrochen waren. Er hatte plötzlich beschlossen wegzufahren, sie hatte gerade gewaschen, damals waren sie noch arm und besaßen nicht viel Wäsche, sie spannte hinten im R4, den sie damals noch fuhren, quer eine Wäscheleine, hängte die nassen Unterhosen auf, und los ging die Reise. Der Kunsthistoriker hatte mir beim Empfang aus meinem dicken, schwarzen Wintermantel geholfen und dabei gesagt: ›Jetzt sehe ich endlich, wie die Frau darunter aussieht.‹ Ich hatte es aber nur auf meinen Arzt abgesehen. Gegen vier Uhr, alle waren schon betrunken, gingen wir, ich packte ihn in mein Auto und erklärte ultimativ, wir würden jetzt zu ihm fahren. Er wollte nicht, aber dann gab er den Widerstand auf. Wir fuhren zu ihm, er sperrte die Türe in die dunkle Wohnung auf. Wir hängten die Mäntel an der Garderobe auf, tranken noch ein Glas. Dann gingen wir ins Bad, unter die Dusche. Er trug spitze, schwarze Schlüpferschuhe, die er im Gang auszog. Unter der Dusche begann er mich zu küssen, aber zögernd. Ich sah nicht ein, wieso wir vorher duschen sollten, und dachte mir, er hat einen Reinlichkeitskomplex. Dann gingen wir ins Schlafzimmer. Die Möbel waren rustikal, aus hellem Kiefernholz. Ein Herz aus Stroh hing an der Wand, eine Sonnenblume steckte in einer Vase. Ich kann mich nicht mehr genau erinnern, wie es dann weiterging, weiß nur noch, daß ich das Gefühl hatte, er sei mir fern und fremd, als er in mir steckte.

44

Er wirkte wie ein Profi, beherrscht, ein Könner, nicht wie ein Liebhaber, der sich selbst preisgibt. Nachher brach ich in Tränen aus. Er wischte sie weg und sagte: ›Aber warum denn?‹ Wir blieben lange liegen, das Telefon läutete mindestens zehnmal, an diesem Samstagvormittag, aber er nahm nie ab. Am Nachmittag waren wir gemeinsam eingeladen, er lieh mir einen Pullover, weil ich nichts Einfaches anzuziehen hatte, nur eine Seidenbluse vom Abend vorher. Der Pullover war aus rauher weißer Wolle mit Rollkragen und kratzte auf der Haut. Wir machten uns auf den Weg, er mußte noch zum Bankomaten, dann hätten wir noch etwas Zeit gehabt, uns niederzulegen, aber er wollte nicht. Das Fest dauerte wieder bis spät in die Nacht, wir blieben bei den Bekannten, ich nächtigte im Gästebett, er auf dem Sofa im Wohnzimmer, diesmal. Offiziell kannten wir uns nicht näher. Am nächsten Morgen fuhren wir zu ihm, er verabschiedete sich freundlich, hatte seine Freundin herbestellt, so daß keine Zeit mehr für uns blieb. Ich fuhr nach Hause. Er war in der Folge immer freundlich zu mir, lehnte aber jedes Gespräch über diese Nacht ab. Das habe nichts zu bedeuten.«

Fanny stockte. Die Erinnerung trieb ihr die Tränen in die Augen. »Nun, Pater, da wir ja nicht verheiratet waren, ist das doch wohl eine Sünde.«

Der Kapuziner strich seinen Bart und meinte: »Schon gut, schon gut, darüber werden wir später sprechen. Nun fasse dich wieder, meine Tochter, und fahre fort. Gott hat ein weites Herz.«

Fanny konnte ihre Tränen nicht zurückhalten. »Er war ein Casanova, ein Schuft. Ich habe ihn gehaßt. Und dann stellte es sich auch noch heraus, daß ich mit ihm verwandt war. Wir haben eine gemeinsame Verwandte im sechzehnten Jahrhundert, namens Ursula Kappenzipfel. Sie hat die Pest überlebt. Kürzlich habe ich ihn wiedergetroffen, er hat inzwischen ein Kind mit seiner damaligen Freundin, hat sie aber nicht geheiratet. Typisch, da sieht man wohl alles.«

»Nun, nun«, meinte der Kapuziner, »ereifere dich nicht. Die Geheimnisse des menschlichen Herzens sind tiefer, als wir beschränkte Menschenkinder ahnen. Fahre fort, meine Tochter, fahre nur fort.«

Fanny war wütend. »Ach was, Geheimnisse des menschlichen Herzens. Ein Schuft ist er, ein ausgekochter Schuft, und sentimental dazu. Als ich ihn vor zwei Wochen wiedersah, hatte er wieder ein langes Fest hinter sich. ›Heute bin ich so melancholisch‹, erzählte er mir. ›Wahrscheinlich hast du nur zuviel getrunken‹, warf ich ein. ›Nein, nein, so geht es mir immer. Wenn es einmal schön war, bin ich am nächsten Tag immer traurig und nachdenklich, aber das gefällt mir so. Dann denke ich über mein Leben nach. Du bist da ganz anders‹, meinte er. ›Genießt vital und bist dann wieder voll da.‹ ›Natürlich‹, sagte ich sarkastisch, an die Tränen denkend, die ich nach der Nacht mit ihm noch lange vergossen hatte, ›ich genieße vital und bin dann wieder voll da.‹«

»Kommen wir wieder zur Sache, meine Tochter«, mahnte der Kapuziner. »Du schweifst ab. Wir sind jetzt beim sechsten Gebot, und dabei bleiben wir. Ereifere dich nicht zu sehr, denn sonst muß ich dich auch noch wegen Ungerechtigkeit ins Gebet nehmen. Fahren wir fort.«

Fanny schluckte. »Also gut. Ich kann mich aber nicht an die Reihenfolge halten. Der Maler jedenfalls, der mich so bewundert hat, den habe ich dann einmal besucht. Irgendwie hatte ich vorher immer ein inneres Gruseln, aber eines Sommernachmittags überwand ich es. In Wirklichkeit wollte ich auch damals eigentlich jemand anderen treffen, aber der war nicht zu Hause. Ich klingelte also dann bei dem Maler, er war allein, wir gingen ins Atelier, tranken ein, zwei Gläser und unterhielten uns. Ich mochte ihn gern. Er erzählte mir, daß er auf blonde Frauen abfährt wie auf eine Droge. Einmal ist er einer wildfremden, jungen, blonden Frau in einen Zug nachgestiegen und mitgefahren. Wenn er lange, blonde Haare sieht, kann er einfach nicht mehr. Mit der Frau hat er dann auch eine Nacht verbracht, und sie schreibt ihm noch heute und besucht ihn manchmal. Zu ihrer Hochzeit hat er ihr ein Bild geschenkt.«

»Zur Sache, meine Tochter, zur Sache«, mahnte der Kapuziner.

Fanny fuhr fort: »Gut, aber das gehört auch dazu. Denn als er meine Haare gesehen hat, konnte er auch nicht mehr. Um es kurz zu machen: Es stand da ein runder Tisch mit einem lavendelblauen, kunstgestrickten Tischtuch. Ich habe ihn dann noch öfter besucht, am liebsten hatte er, wenn ich durchsichtige, kurze Röcke trug mit wenig darunter. Er war ein gütiger Mensch, ihm trage ich nichts nach. Ich erinnere mich noch, vor dem Fenster standen Pappeln, die im Wind schwankten, und eine Birke mit einem glatten, weißen Stamm. Ich besuche ihn noch heute manchmal und rede immer gerne mit ihm.« Fanny seufzte. »Im Grunde war es eine schreckliche Zeit. Ich hatte das Gefühl, daß alle hinter mir her waren.«

»So, wer denn noch?«, fragte der Kapuziner.

»Ich glaube, da war noch ein Maler. Wir verreisten zusammen und suchten ein Hotel zum Übernachten. Als wir schließlich eines hatten und im Zimmer waren, konnte er nicht. Er behauptete, er sei vom Begehren der Frau abhängig. Aber das ist doch keine Sünde, wenn nichts war?« fragte Fanny.

»Das ist nicht so einfach, schon der Gedanke zählt. Aber fahre nur fort, meine Tochter, damit wir zu einem Überblick kommen. War das alles?«

Fanny seufzte. »Aber nein, Gott bewahre. Das waren die leichteren Fälle. Einer war noch dabei, das war wie in einem Roman von Thomas Mann. Es war in Süditalien, in einem verlassenen Badeort, in einem kleinen Hotel am Meer. Ich war mit einer Freundin unterwegs, bei einer Tagung. Ein junger Mann war mir schon vorher aufgefallen, er blickte mir immer so unverschämt in die Augen, wie ein Fuchs. Eigentlich gefiel er mir ganz gut. Damals war ich gerade wieder unglücklich, weil mich jemand verlassen hatte. Am Karfreitag gingen wir noch spät nachts am Meeresufer spazieren, die Wellen rollten ans Ufer, wir hasteten nebeneinander gegen den Wind, vorgebeugt durch den Sand, der Mond schien. Er trug einen Trenchcoat, wie ein Detektiv. Dann küßten wir uns, und er sagte mir seine Zimmernummer. Meine Freundin schlief schon, und ich schlich mich im Nachthemd unbemerkt einen Stock tiefer. In seinen Armen wurde mir mein ganzes Elend wieder bewußt, aber er kümmerte sich nicht darum. Ich gefiel ihm eben so gut. Es war eigentlich sehr schön. Er hatte ein schlechtes Gewissen, weil ihn meine Seelenlage nicht von seinem Tun abgehalten hatte, aber für mich war es wie eine Erlösung.«

»Hm«, machte der Kapuziner, »eine Erlösung, in der Form, und noch dazu am Karfreitag.«

Fanny errötete. »Pater, ich kann nichts dafür, es war eben

so. Am nächsten Tag sind wir abgefahren. Er hat mich dann noch öfter besucht, aber natürlich hatte er eine Freundin, mit der es eigentlich nichts Rechtes war, die er aber auch nicht aufgeben wollte. ›Es wäre Wahnsinn, beieinander zu bleiben‹, sagte er. Einmal habe ich ihn dann noch getroffen, in einem Nest in Süddeutschland. Mein Zimmer war in einem Gasthof mit Metzgerei, im Gang roch es meist nach frischem Blut. Das Zimmer war schmal, das Bett eng, aber mit ihm war es schön.«

»Meine Tochter, wo bleibt die Reue?« fragte der Pater, aber Fanny ließ sich nicht aufhalten.

»Ach ja, und dann war noch Hermann, der Wüterich. Hermann, der Wüterich, war eine Kreuzung aus unvollendetem Jusstudenten und Sozialarbeiter. Ich lernte ihn bei einem Tanzkurs kennen. Eines Tages gingen wir schifahren, dann zu mir nach Hause, ich nahm ein Bad, kam heraus, und plötzlich lagen wir im Bett. Das ging dann etwas länger und intensiver, weil er in der Nähe wohnte und ungebunden war. Er stammte aus Südfrankreich und hatte ein heftiges Temperament, das nur dadurch gedämpft wurde, daß sich seine Mutter ein Jahr vorher im Keller erhängt hatte. Er hatte die Leiche gefunden, als einziger Sohn. Wir sprachen oft über diese Sache. Er war im Internat gewesen, weil er als Kind schon so aggressiv war und ihn die Eltern nicht zu Hause behalten wollten. Einmal fuhren wir an den Comer See, einmal nach Ligurien, im Frühling. Das Meer hatte vielleicht zehn Grad, aber wir schwammen. Er konnte ausgezeichnet schifahren, sonst war er eher gehemmt. Als ich mich von ihm trennte, besuchte mich der Karfreitagsmann mit den Fuchsaugen. Hermann, der Wüterich, klingelte an der Tür, ich ließ ihn nicht in die Wohnung. Der Karfreitagsmann rasierte sich gerade im Bad, der Wüterich mußte etwas gehört haben. Ich hatte noch ein Buch von ihm ausgeliehen, eine Biografie über einen Stauferkaiser, das wollte er zurück. Er trommelte gegen die Wohnungstür und schrie durch das Stiegenhaus: ›Du Hure!‹ Natürlich machte ich nicht auf, erwog schon, die Polizei zu rufen. Schließlich zog er ab, ich warf ihm das Buch aus dem Küchenfenster nach, aus dem sechsten Stock. Sein Onkel war ein Wüstling, der meist jugendliche Freundinnen hatte und von denen Nacktfotos machte, die er dann in Bars herumzeigte. Hermann, der Wüterich, wollte das gleiche von mir, aber ich habe mich geweigert. Aber herumgekommen in der Gegend bin ich mit ihm, ich mochte ihn trotz allem, er hatte es auch nicht leicht. Jetzt ist er im Staatsdienst, macht Schuldnerberatung oder etwas Ähnliches.«

Fanny kamen die Tränen. »Muß ich weitermachen?«

»Wenn Du noch etwas zu erzählen hast, erzähle es«, meinte der Kapuziner, »du wirst sehen, es wird dich erleichtern. Gott hat ein großes Herz.«

»Für wen?« fragte Fanny. »Für mich? Da habe ich noch nicht viel davon gemerkt.«

»Keine Gotteslästerung, meine Tochter, keine Gotteslästerung, und schon gar nicht im Beichtstuhl. Berichte weiter, und dir wird der Trost nicht versagt bleiben.«

Fanny seufzte. »Gut, machen wir die Bagatellsachen durch, auch Kleinvieh gibt Mist. Einmal half mir jemand beim Übersiedeln. Er hatte mich schon vorher immer wieder zum Kaffee oder zu Spaziergängen eingeladen, aber ich kam nie. Dann schleppte er mir zwei Kisten mit Geschirr die Stiegen hoch, wir redeten über alles mögliche. Ich wollte ja nur vergessen, was vorher war, ein neues Leben beginnen, wieder fröhlich und lebenslustig sein. Natürlich bin ich mittendrin wieder in Tränen ausgebrochen. Er war sehr lieb, circa ein Meter neunzig groß. Wenn ich ihn heute sehe, freue ich mich immer, es ist so eine Art Vertrauen da, obwohl nicht viel passiert ist. Ich glaube, er hat verstanden, was damals mit mir war. Ach, Pater«, seufzte Fanny, »ach, Pater, wenn sie wüßten. Ich war so einsam, und alle waren hinter mir her.«

»Nun ja, nun ja, das kommt öfter vor. Du hast es jedenfalls ohne größere körperliche Schäden überstanden, meine Tochter, soweit ich sehe. Und die seelischen werden wir schon auch noch beheben, mit Gottes Hilfe.«

Fanny trocknete sich die Tränen, die ihr über die Wangen liefen. »Glauben Sie, der Himmel kann mir verzeihen?«

»Das hängt nur von dir ab, meine Tochter. Gehe ehrlich in dich, beichte, bereue, und Gottes Gnade wird dir nicht versagt bleiben.«

Fanny fuhr fort: »Ach, Pater, wenn Sie wüßten. Es war ja nicht immer so schlimm, manchmal hat mir dieses Leben gar nicht so schlecht gefallen, das ist es ja eben. Sie müssen wissen, ich bin wie hinter Klostermauern aufgewachsen, und nach der Trennung hatte ich einfach einen Nachholbedarf. Ich bin dem anderen Geschlecht wirklich nicht unbefangen gegenübergetreten, wie es verlangt wird, aber was hätte ich denn machen sollen? Ich, in der Blüte meiner Jugend, und ganz allein? Ins Kloster gehen?«

»Gott bewahre, meine Tochter, Gott bewahre, da hättest du nur Unruhe gestiftet. Gott hat die Menschen schon richtig geschaffen, und dir hat er anscheinend ein ganz besonderes Talent mitgegeben«, fügte er mit einem Seitenblick durch das Beichtgitter hinzu.

Fanny errötete. »Steht das nicht in dem Gleichnis mit dem Weinberg und den Arbeitern, daß man mit seinem Pfund wuchern soll? Im Kloster hätte ich es nur vergraben.«

»Laß diese vorschnelle Bibelexegese, die mußt du schon mir überlassen. Aber sei gewiß, der verlorene Sohn oder auch die verlorene Tochter war dem Vater bei der Rückkehr willkommen. Er hat sogar ein Kalb geschlachtet.«

»A propos Kalb, einmal habe ich jemanden kennengelernt, in einem Café, der hatte einen Nachdruck eines berühmten italienischen Kochbuchs mit einem Rezept für Vitello tonnato. Er hat mich an jemand anders erinnert, jemand, den ich sehr geliebt habe und der nichts von mir wissen wollte. Deshalb sind wir zu später Stunde auch bei mir gelandet, aber er konnte meine Sehnsucht nicht stillen.«

»Kein Wunder, meine Tochter, wenn du es so anfängst. Du mußt dich schon an die richtigen Leute halten, nicht an Ersatzpartner, so geht es nicht. Aber erzähle erst einmal weiter, die anderen Probleme lösen wir dann später. Du verwirrst mich noch.«

Fanny berichtete: »Einen gibt es noch, bei den leichten Fällen. Er sah aus wie ein Waldschratt, aber er war sehr nett. Da war es wieder so, daß ich seinen Freund liebte, der liebte eine andere, und der Waldschratt liebte mich. Eines Abends, als der von mir vergeblich Geliebte seinen Kummer über seine ferne Geliebte in Strömen von Alkohol ertränkt hatte, wobei wir ihm Gesellschaft leisteten, ist es dann passiert. Ich fuhr auf seiner Fahrradstange mit ihm nach Hause. Aber es war wirklich nur ein einziges Mal, weil ich so verzweifelt war.«

»Verzweifelt oder nicht spielt hier keine Rolle, du hast dich jedenfalls nicht sehr im Zaum gehabt«, rügte der Kapuziner.

»Immer einen lieben, den du nicht bekommst, und dann einen anderen beglücken, so geht das nicht. Und wo bleibt die Reue?«

»Ich weiß nicht«, meinte Fanny, »leid tut es mir eigentlich nicht. Wenn ich jetzt meinen Kummer in Alkohol ertränkt hätte und heute eine Leberzirrhose hätte, wäre das besser? Jetzt kenne ich wenigstens die Menschen.«

»Die Männer, meinst du wohl«, korrigierte der Kapuziner.

Fanny schluckte. »Pater, wenn wir schon dabei sind, einmal war auch etwas mit einer Frau.«

»Mit einer Frau? Das ist aber schon sehr bunt, was du da getrieben hast. Aber nur heraus mit der Sprache, jetzt bin ich wirklich schon auf alles gefaßt.«

»Ja, und einmal auch mit zwei Männern.«

»Gruppensex?« fragte der Kapuziner.

»Finden Sie, daß zwei schon eine Gruppe sind? Außerdem waren sie gute Freunde.«

»Lassen wir diese Haarspaltereien, ich bin kein Scholastiker, ich pflege die Einfachheit des heiligen Franziskus. Wie war das mit der Frau?«

»Sie hatte braune Haare, ich kannte sie schon lange. Eine Freundin riet mir immer an, es einmal mit einer Frau zu versuchen, die Männer würden alle nichts taugen. Ich war schon etwas erschüttert bei dem Gedanken. Dann besuchte mich meine Freundin mit den braunen Haaren. Ihr ging es damals ziemlich schlecht, sie sah ganz blaß aus, als sie kam. Und außerdem, ich bin nicht selber schuld.«

»Warum nicht? Die Erkenntnis der Schuld ist der erste Weg zur Vergebung.«

»Weil die Idee nicht von mir stammte. Der Maler, der nette,

der mit dem lavendelblauen Tischtuch, hatte mir auch immer dazu geraten und mir den Vorschlag gemacht, uns dann zu malen. Er sagte, soviel er wisse, sei das ganz schön. Ich bin seinen Einflüsterungen erlegen, jedenfalls zum Teil.«

»Du hast dich malen lassen?« fragte der Kapuziner interessiert.

»Aber nein, Pater, das doch nicht. Dazu bin ich viel zu schüchtern.«

»Da merkt man aber nicht viel davon. Aber berichte nur, beichte mir, einmal muß die Sache ja doch heraus.«

»Also, sie war bei mir auf Besuch, ich hatte nur ein großes Bett, da haben wir dann übernachtet, und da sind wir uns dann nähergekommen.«

»Wie nahe?«

»Nicht besonders. Im Nachthemd haben wir uns aneinandergekuschelt und gestreichelt und geküßt.«

»Internatslappalien«, murmelte der Kapuziner, »das habe ich schon tausendmal gehört. Sonst nichts?«

»Nein«, gestand Fanny, »hätte noch etwas sein sollen? Aber als sie wieder wegfuhr, sah sie viel besser aus als vorher. Kann das Sünde sein?«

»Nun ja, nun ja, du wirst schon wissen, warum du zu einem Kapuziner zur Beichte gehst und nicht zu einem Dominikaner. Wir sind für unsere Milde bekannt. Aber nun zum Ernsten: Wie war das mit den beiden Männern?«

»Furchtbar«, stammelte Fanny, »obwohl … Am nächsten Tag ließ ich ein Paßfoto machen, das in meinem Führerschein klebt, und da sehe ich gar nicht schlecht aus. Auf mein Äußeres hat es sich nicht negativ ausgewirkt. Der eine der beiden war der, der mich auf die schiefe Bahn gebracht hat.«

»Meine Tochter, mäßige dich. Du weißt, die Erkenntnis der eigenen Verantwortung ist der erste Schritt zur Buße und damit zur Läuterung. Und du sollst diesen Beichtstuhl doch geläutert verlassen, um ein neues Leben zu beginnen, so Gott will.«

Fanny schluckte. »So Gott will … Aber er hat mich wirklich auf die schiefe Bahn gebracht. Er war Philosoph, und denen ist nichts heilig. Ich wäre nie auf eine solche Idee gekommen. Es muß eine Einflüsterung des Teufels gewesen sein.«

»Wo der Teufel seine Hand im Spiel hat und wo nicht, diese Entscheidung mußt du schon dem lieben Gott überlassen. Ich weiß, daß die Kirche die Entwicklung der Wissenschaften mit tiefer Sorge beobachtet, aber gleich den Teufel herbeizitieren?«

Fanny fuhr fort: »Jedenfalls war es so: ich lernte diesen Teufelsknecht – er studierte übrigens ursprünglich Theologie und Volkswirtschaft – beim Bergsteigen kennen. Wir stiegen in der Gruppe auf einen Berg in den Zentralalpen, der Weg war von breiten Urgesteinsplatten gesäumt, da erzählte er seinem Freund von seiner neuen Freundin. Sie konnte nicht schlafen, wenn er nicht bei ihr war und sie sich die ganze Nacht an ihn kuscheln konnte. Sie ritt leidenschaftlich gerne, ihr Vater war kurze Zeit vorher gestorben. Wir kehrten nach dem Abstieg im Bahnhofsrestaurant ein, ich aß Wienerschnitzel. Er lud mich nachträglich ein. Dann schrieben wir uns ein Jahr lang Briefe, per Sie, sehr förmlich. Und als wir uns dann wiedersahen, wieder beim Bergsteigen, ist es passiert. Das heißt nicht gleich. Er mußte noch einmal weg, mit dem Flugzeug, ich habe ihn dann am Flughafen abgeholt, und wir fuhren zusammen in unseren Ferienort, wo wieder ein paar Freunde dabei waren, die noch auf einer Wanderung waren. Ich ging in mein Zimmer, plötzlich klopfte es, die Tür ging auf, er überreichte mir als Dank fürs Abholen eine Mozartkugel, stammelte ›Ich liebe dich‹, und schon lagen wir im Bett. Es war viel zu weich, die Matratze war schon ganz durchgelegen, aber nicht von mir. Es war furchtbar: Er hatte seine Ehefrau mit und machte mir immer den Hof, vor ihrer Nase.«

»In der Tat, in der Tat«, murmelte der Kapuziner, »das ist ernst … Weiter.«

»Was weiter? Ich war verliebt bis ins Mark, glaubte, er würde sich für mich scheiden lassen. Er hatte nämlich neben der Ehefrau noch seine Freundin mit, die, die so gern ritt, und deren Freund. Sie wußten alles voneinander, auch die Ehefrau. So etwas hatte ich noch nie erlebt. Er verlangte von allen Beteiligten, daß sie keine Eifersucht zeigen dürften. Ich glaube, ich liebte ihn wirklich. Einmal dachte ich, ich bekomme ein Kind, aber es war ein Fehlalarm. Er machte mir den Vorschlag, es zu bekommen, er und seine Frau würden es dann adoptieren.«

Fanny brach in Tränen aus.

»Weine nicht, meine Tochter. Deine Tränen zeigen mir, daß deine Seele keinen Schaden genommen hat, trotz allem. Weine nicht, es wird alles gut.«

Fanny schluchzte in ihr Taschentuch, dann machte sie weiter. »Jetzt muß ich doch noch die Geschichte mit den zwei Männern beichten. Er hatte einen Freund, einen Studenten, namens Valentin, der mit der Tochter seines ehemaligen Lehrers verlobt war und auch mit seiner Frau schon eine Affäre gehabt hatte. Ein herzlicher Mensch und gut gebaut. Einmal trafen wir uns in München, er richtete es so ein, daß auch Valentin hinkam. Wir aßen gemeinsam zu Mittag, dann gingen wir ins Hotel, plötzlich, ich weiß nicht wie, ohne daß jemand davon geredet hätte, standen wir zu dritt im Zimmer. Valentin gefiel mir.«

»Und dann?«

»Ich weiß nicht mehr genau. Der Teufel, er hieß übrigens Josef, wie der heilige Josef, der Patron der keuschen jungen Männer, und Valentin küßten mich, irgendwann einmal lagen wir auf dem Bett, irgendwann einmal schlief ich mit Josef und dann mit Valentin. Es war wunderbar. Ich merkte, wie Josef eifersüchtig wurde, aber das gönnte ich ihm, diesem Schuft. Von alleine wäre Valentin nie mit mir ins Bett gegangen. Pater, so war das. Valentin mochte ich gerne, und dann ...«

Fanny errötete und wurde verlegen.

»Meine Tochter, habe keine Scheu. Was war dann?«

»Ich kann es nicht sagen.«

»Du mußt, sonst wirkt die Beichte nicht. Was war dran, an diesem Valentin?«

»Viel«, stieß Fanny heraus, »viel. Das war es ja eben. So etwas hatte ich noch nicht erlebt. Die andern waren Zwerge dagegen.«

»Nun ja,« murmelte der Kapuziner schwer atmend, »das erhöht die Schwere der Sünde nicht. In dieser Hinsicht haben wir keine Vorschriften, du kannst ganz beruhigt sein. Hast du dieses sündige Verhältnis noch weiter betrieben?«

»Nein, Pater, nein. Valentin habe ich nie wiedergesehen, obwohl, das mit ihm, das bereue ich nicht, aber ich wäre lieber mit ihm allein gewesen, wegen des Gefühls ...«

»Wir sind hier in keinem Jungmädchenpensionat, wir sind im Beichtstuhl, meine Tochter. Vergiß nicht, du bekennst deine Sünden. Ist das nun endlich alles?«

»Aber nein, Pater, noch lange nicht, noch lange nicht. Aber ich werde mich jetzt kürzer fassen, in jeder Hinsicht. Diesen Josef habe ich übrigens bald darauf auch verlassen, ich konnte das nicht ertragen, dieses doppelte Spiel. Pater, wenn ich Buße tun muß, dann habe ich damals gebüßt, ich habe furchtbar gelitten.«

»Schon gut, meine Tochter, schon gut. Das entscheidet der Himmel, nicht du. Aber fahre fort, wir haben noch einiges vor uns.«

»Ich kann nicht«, sagte Fanny leise, »ich kann nicht. Dieser Mann war wirklich ein Teufel.«

»Auch gegen Teufel ist ein Kraut gewachsen, glaube mir. Ich bin zwar nur ein einfacher Kapuziner, aber im Beichtstuhl habe ich schon viel gehört, meine Tochter. Glaube mir, der Teufel ist auch nur ein Mensch.«

Fanny brach wieder in Tränen aus. »Aber warum war er denn nur so? Warum hat er das getan?«

»Meine Tochter, das menschliche Herz ist wirklich weit, und es hat vieles Platz darin. Tue ihm nicht Unrecht, du hast ja schließlich mitgemacht.«

»Ich weiß, ich weiß. Einmal hat er mir seine Lebensgeschichte erzählt. Er kam 1933 zur Welt, sein Vater war verheiratet, seine Mutter eine einfache Verkäuferin. Sie mußte das Kind weggeben, konnte ihren Sohn nur alle vier Wochen besuchen. Die leibliche Mutter war die Mutti, die Pflegemutter die Mami, dann hatte er außer dem Pflegevater noch eine Schwester. Heute ist die Mutti sechsundsiebzig, die Schwester siebzig. Zwei Mütter und eine fast ebenso alte Schwester, das ist natürlich verwirrend. Der Pflegevater starb bald, er mußte in die Fabrik, war aber ein kluges Kind und durfte stu-

dieren. Kurz nachdem er zu studieren begonnen hatte, verliebte er sich in eine Kollegin, eine Studentin, die ihm der Professor weggeschnappt hat. Heute ist die bei einer frommen
Sekte. Dann hat er geheiratet und sich bald darauf wieder in
eine Studentin verliebt, die ihn auch liebte. Er war damals
schon Professor. Er war ihr erster Mann, aber er hat sie wieder verlassen. Seine Ehefrau war damals noch furchtbar eifersüchtig. Er hat es nicht gewagt, sich scheiden zu lassen, weil
seine Liebe soviel jünger war und er Angst hatte, daß sie ihm
nach ein paar Jahren davonlaufen würde.«

»Siehst du, meine Tochter, siehst du. Brich nicht den Stab
über jemand, er hat es auch nicht leicht gehabt. Er war kein
Teufel, er war ein Mensch.«

Fanny seufzte tief. »Pater, peccavi, vielleicht habe ich ihm
wirklich Unrecht getan. Das tut mir leid«, sagte sie leise.

Der Kapuziner wurde verlegen. »Schon gut, schon gut. Aber
eigentlich sollte ich dir mein Ohr für andere Dinge leihen, nicht
wahr? Fahre fort in deinem Sündenregister, meine Tochter.«

»Es ist kein Sündenregister, es ist ein Liebesbrevier«, flüsterte Fanny. »Ihr könnt zu jeder Stunde darin lesen und
findet immer einen passenden Text. Jetzt kommen die Ab-
schnitte für schöne Stunden.«

»Laß hören, ich bin schon etwas ermüdet und hätte eine
geistige Stärkung nötig.«

»Gut, als Vorgericht ein paar kleine Happen, wie Hors
d'œuvre variés. Einen lernte ich bei einem Ball kennen, er
hatte sein Bett in einer Nische des Wohnzimmers, wie in einer Höhle. Es war mit weißen Schleiern verhangen. Mir waren bei dem Ball meine Wohnungsschlüssel gestohlen worden, und er und noch ein Freund machten mit mir gemeinsam

die Nacht durch, bis vier Uhr früh. Dann gingen wir zu ihm, jetzt zu zweit, und verkrochen uns in die Schmetterlingspuppe. Am nächsten Tag frühstückten wir gemeinsam, ließen den Schlüssel nachmachen und fuhren nach Zürich in eine Ausstellung. Er war fast zwei Meter groß, ich mußte immer zu ihm aufschauen. Dann war da Peter, er konnte gut kochen und vergaß einmal seine Fliege bei mir. Vorher hatten wir Schnecken auf ligurische Art gegessen. Und einer, von dem weiß ich den Namen gar nicht mehr, den lernte ich im Urlaub kennen, im südsteirischen Weinland. Er erzählte mir im Bett von seiner Freundin, mit der es nicht klappte, und ich gab ihm Tips fürs Leben. Hoffentlich sind die beiden inzwischen glücklich geworden.«

»Meine Tochter, bleibe ernst. Wir sind hier im Beichtstuhl, nicht bei der Lebenshilfe und nicht in einem Feinschmeckerrestaurant. Du beichtest Sünden, vergiß das nicht.«

»Schon gut«, meinte Fanny, »ich dachte doch nur, weil Sie eine Stärkung nötig haben. Aber Pater, damit Sie keine so schlechte Meinung von mir behalten, ich habe auch ein Exempel von heroischer Enthaltsamkeit vorzuweisen. Ich war einmal auf einer Reise nach Südamerika, mit einer Reisegruppe. Ich teilte das Zimmer mit einem Bekannten, der immer ins Puff, Verzeihung – Bordell ging und mir dann erzählte, wie es war. Aber ich bin nie schwach geworden, habe das Zimmer nur aus Kostengründen mit ihm geteilt. Am tollsten waren die Frauen angeblich in Brasilien, in Argentinien war es viel schlimmer, ein Bett, schmal und weiß wie ein Bügelbrett, und sonst auch nicht viel los. Die in Brasilien haben ihm immer Fotos von ihren Kindern gezeigt und sich nett mit ihm unterhalten. Aber ich blieb keusch.«

60

»Das hätte ich dir gar nicht zugetraut, aber wahrscheinlich hat er dir nicht gefallen, so wie ich dich inzwischen kenne, denn sonst ...«

»Wahrscheinlich, ich weiß es auch nicht. Obwohl er ein flotter Mensch war, aber lassen wir das. Pater, jetzt habe ich aber wirklich nicht mehr viel auf dem Kerbholz.«

»Wenn du diese Kerben in den Bettpfosten eingeschnitzt hättest, wäre das Bett schon zusammengebrochen«, warf der Kapuziner ein. »Kommen wir zu einem Ende.«

»Den Rest bereue ich kumulativ. Ein Schwergewicht war noch dabei, namens Karl. Er war Mathematiker und hatte eine ältere Schwester, die ihn als Kind immer verpetzt hatte. Seine vorherige Freundin war überraschend gestorben, er hatte eine Therapie begonnen, aber die hatte nichts genutzt. Er brachte mir immer Blumen mit. Körperlich war er gut gebaut, aber als ich draufkam, daß er noch ein Verhältnis neben mir hatte, das er mir verschwieg, brach für mich die Welt zusammen. Es war mit einer älteren Frau, der Mutter eines Mitschülers, die ihn als Knaben verführt hatte und von der er nicht loskam. Er wohnte bei seiner alten Tante, die immer bemängelte, das zu mir sei nur ein ›Sexverhältnis‹, das sei nichts. Einmal kam sein bester Freund auf Besuch, mit dem wollte er mich verkuppeln, aber der Freund und ich sind nicht darauf eingestiegen. Es war eigentlich eine Frechheit. Die jetzige Frau dieses Freundes, mit der er vier Kinder hat, war übrigens die Jugendliebe dieses Karl. So geht es zu auf der Welt, Pater, da kann ich ein Lied davon singen. Er war notorisch untreu und schwitzte im Bett so, daß ich immer ein frisches Leintuch brauchte. Manchmal frage ich mich, wie ich das alles überstanden habe.«

»Nun, meine Tochter, so sammelt man eben Lebenserfahrung. Und nun, bereust du?«

Fanny überlegte: »Pater, ich kann nicht. Mir geht immer ein Lied von Edith Piaf durch den Kopf: ›Non, rien de rien, non, je ne regrette rien.‹ Manchmal wünsche ich mir, ich hätte schon bald den Richtigen gefunden und wäre mit ihm glücklich geworden, aber da es nun einmal anders gekommen ist, bekenne ich mich dazu. Falls ich doch noch Enkelkinder bekomme, kann ich denen als Großmutter dann ›Aus meinem Leben‹ erzählen, das ist auch schon etwas. Und dann –«

»Was, und dann?«

»Meistens habe ich es nicht wegen der Fleischeslust getan.«

»Meine Tochter, das habe ich mir schon gedacht, daß du ein schwerer Fall bist. Du hast es aus Liebe getan, nicht wahr?«

Fanny nickte. »Ja, aber die wenigsten haben es bemerkt. Nur selten war auch Neugier dabei. Ich habe wahrscheinlich auch ein sehr sinnliches Naturell, fürchte ich. Pater, was ist jetzt?«

»Meine Tochter, ego te absolvo. Du hast viel gesündigt, aber den Sündern und Sünderinnen wird vergeben. Tue Buße, bete zehn Vaterunser und zehn Gegrüßetseistdu, und ändere dein Leben. Am besten, du suchst dir einen charakterfesten, soliden Mann, bei dem du in guten Händen bist und der dein Vorleben kennt, damit nicht spätere Enthüllungen die Ehe gefährden. Du brauchst es täglich, das sehe ich schon. In nomine patris et filii et spiritus sancti, ego te absolvo.«

Fanny nahm die Absolution entgegen und murmelte beim Hinausgehen auf das »Gelobt sei Jesus Christus« des Paters: »In Ewigkeit Amen.« Im Dämmer der Kirche betete sie ihre Bußgebete herunter, die sie wieder im *Gotteslob* nachschlagen mußte, weil sich der Text seit ihrer Kindheit geändert

hatte. Als Kind war sie sich nach der Beichte immer ganz rein-
gewaschen vorgekommen. Das war jetzt nicht mehr so, aber
sie hatte sich mit ihrem Los als Maria Magdalena abgefunden.
Lange Haare hatte sie auch, allerdings blonde, nicht rote. Der
Kapuziner hatte auch ein paar rötliche Haare in seinem dunklen Bart gehabt, das hatte sie selbst im Dämmer des Beichtstuhls erspäht. Allzu alt konnte der nicht sein, obwohl er die
Güte und Weisheit des Alters verströmte. »Pater Lucianus«,
las sie auf dem Schild über dem Beichtstuhl, in dem schon
wieder jemand seine Sündenlitanei heruntermurmelte. Si-
cherheitshalber zündete Fanny noch eine Kerze vor der Sta-
tue der heiligen Maria an, dann verließ sie die Kirche, auf dem
Weg in ihr neues Leben.

Stöhnend stand sie von der Schreibmaschine auf. Das war
kein Ende für eine Erzählung. Sie befand sich in einer Dachwohnung in Trier an der Mosel, in der Wohnung eines be-
freundeten Soziologen, der vor allem über den Tod und über
Aids forschte. Im Raum herrschte eine höllische Hitze, weil
die Sommersonne prall auf die Dachschräge schien. Von der
Terrasse aus sah man auf den Trierer Dom. Sie stillte ihren
Durst mit einer Flasche entalkoholisiertem Wein, den sie im
Kühlschrank fand. Dann griff sie ins Bücherregal und zog einen Sonderdruck heraus: *Identität und Selbstthematisierung*.
Sie begann zu lesen: »Für Mead ist der Prozeß der Selbstwer-
dung fundamental gebunden an die Fähigkeit des Menschen,
sich mit den Augen seiner Umgebung zu sehen. Das Individuum schlüpft imaginativ in die Rolle der anderen, sieht sich
somit gleichsam von außen und erfährt sich als einen anderen … Das, was der einzelne ›ist‹, erfährt er wie in einem Spie-

gel zuerst durch die Reaktionen des sozialen Gegenübers auf sein Handeln.« Sie blätterte weiter und begann wieder zu lesen: »Das Selbst eines Menschen wird also nicht schon durch die Handlungen als solche gebildet, sondern dadurch, daß ihm seine Gruppe die von ihr für gedächtniswürdig erachteten Handlungen in der zeitlichen Ordnung ihrer Abfolge als seine Vergangenheit zurechnet.«

Sie ging wieder in die Küche und suchte einen neuen Wein, diesmal einen mit Alkohol, einen Riesling. Nach ein paar Schlucken machte sie sich wieder an die Lektüre: »Das Selbstbild als Resultat von zurechnungsfähigen Selbstäußerungen ist stets durch einen bestimmten Aufbau charakterisiert, einen Zusammenhang, in den Wertvorstellungen, Wirklichkeitsauffassungen, Richtigkeits- und Wichtigkeitskriterien der umgebenden Gesellschaft eingehen. Der Sinn, den meine Identität darstellt, ist also von Anfang an verwoben mit einem Sinn, der nicht von mir stammt.« Nach ein paar Seiten ging es weiter mit den »institutionellen Selbstthematisierungsmöglichkeiten«, die einem Individuum zur Verfügung stehen. Sie bekam Hunger und holte sich eine Wurst aus dem Kühlschrank. »In verschiedenen Gesellschaften existieren sehr unterschiedliche Biografiegeneratoren.« Sie dachte nach. Unter einem Biografiegenerator stellte sie sich ein Gerät vor, ähnlich wie ein Fahrrad, auf das man sich schwingt, um die klaffenden Abgründe der Existenz aufzufüllen, doch sie täuschte sich. Es handelte sich um Geständnisse, Krankengeschichten, Psychoanalysen und Beichten. Die Funktionen schwankten: »Soll jenseitiges Heil (wie in der Beichte) oder akute Heilung von psychischen Spannungen das Resultat von Bekenntnissen sein?« und so weiter.

Am Schluß stand: »Die moderne Zivilisation ist mit Prozessen gesteigerter Fremdüberwachung verbunden, die schließlich verinnerlicht werden und als Selbstkontrollen wirksam werden. Die gegenreformatorischen Konzepte der Generalbeichte und ihre reformierten Pendants reihen sich ein in jene institutionellen Mechanismen, die zur Herausbildung des modernen zivilisatorisch geprägten Menschentyps beigetragen haben.«

Das war es nun also. Sie stellte die leeren Weinflaschen in die Küche, sperrte die Wohnung ab und ging die Treppen hinunter. Vor dem Haus lehnten zwei Fahrräder, beide silbern gestrichen, eines trug die Aufschrift »Pegasus«, das andere »Phönix«. Der zivilisatorisch geprägte Menschentyp bog um die Straßenecke und stieß fast mit einem Mann mittleren Alters zusammen, in dessen dunkelbraunen Bart sich einige rote Fäden mischten. Sie beschlossen, ihr heftiges und unvermutetes Zusammentreffen zum Anlaß eines Lokalbesuches zu machen, und begaben sich in die Innenstadt.

Auf dem Hauptmarkt, unter dem Weinzelt, wo eine Winzergenossenschaft ihre Produkte verkaufte, lud er sie zu einem Glas Elblingsekt ein. Er arbeitete an der Universität, als Soziologe, und stammte aus einer Winzergegend. Sie erzählte ihm die Geschichte, die sie gerade geschrieben hatte, und er meinte: »Das klingt ja wie die Vierzehn Nothelfer. Allerdings waren da auch drei Frauen darunter, Barbara, Margarethe und Katharina, im Volksmund die drei heiligen Madln genannt, Wettl, Gretl und Kathl, nicht nur eine.«

»So genau ist das mit den Zahlen nicht, auch nicht bei den Männern, das ist die dichterische Freiheit«, entgegnete sie.

»Trotzdem«, meinte er, »Sie müßten den feministischen

Aspekt beim Biografiegenerator noch ins Spiel bringen. Das mit dem Schuldbekennen und Beichten, das ist doch ein völlig patriarchalisches Konzept. Generieren Sie sich lieber selbst eine Biografie, oder nehmen Sie das mit dem Selbst nicht so ernst.« Nach drei weiteren Gläsern Elblingsekt hatte er sie überzeugt. Sie kehrten in die Dachwohnung mit Blick auf den Trierer Dom zurück.

Am nächsten Morgen setzte sie sich noch einmal an die Schreibmaschine:

Fanny mußte immer wieder an Pater Lucianus, den verständnisvollen Kapuziner, denken. Sie mußte ihn wiedersehen, das stand fest, aber bis sie wieder ein solches Sündenregister zusammenbringen würde – das dauerte ihr zu lange. Kurzentschlossen läutete sie an der Klosterpforte und verlangte dringend ein geistliches Gespräch mit Pater Lucianus.

»Ich muß Sie dringend sprechen, aber nicht hier«, flüsterte sie ihm verschwörerisch zu, als er mit fliegender Kutte erschien.

Lucianus schaltete schnell. »Morgen habe ich Außendienst, da fahre ich in Zivil weg. Treffen Sie mich um zehn Uhr siebzehn am Bahnhof.«

Zur verabredeten Stunde winkte ihr ein Mann mittleren Alters entgegen, in dessen dunkelbraunen Bart sich einige silbrige Fäden mischten. Fanny stutzte; hatte sie sich in der dämmrigen Beleuchtung des Beichtstuhls getäuscht? Doch es war Lucianus, und er zog sie in den abfahrenden Zug. Nach drei Stationen stiegen sie aus und verschwanden in einem Zimmer in einer Pension, das er vorsorglich bestellt hatte. Neun Monate später erblickte die kleine Lucia das Licht der Welt.

Unternehmen Wursthaut

Das große Problem in Friedas Leben waren die Männer. Nicht, daß sie keine gekannt hätte, nicht, daß sie nichts mit ihnen anzufangen gewußt hätte – nein, ihre Lage war eine viel schwierigere, denn sie hatte ihr Herz just an den Einen gehängt, der ihren Annäherungsversuchen beharrlich auswich. Mit geradezu traumwandlerischer Sicherheit gelang es ihr, ihr Gefühl für ihn trotz aller Anfechtungen lebendig zu erhalten, es gelang ihr aber auch, mit ihm nicht das große Glück im Himmelbett zu erleben, von dem sie träumte, seit sie ihn kannte.

Ihr erstes Zusammentreffen fand im Gang eines Kongreßzentrums statt, wo sie beruflich zu tun hatte, und er auch. Gehört hatte sie schon von ihm, und was man sich über diesen Mann erzählte, erweckte ihre Neugier. Es eilte ihm ein Ruf als eminenter Gelehrter voraus, doch ansonsten galt er als giftsprühender Zyniker. Besser fand sie die Charakterisierung, die ein gemeinsamer Bekannter bei einem Empfang gefunden hatte, als er das sauertöpfische Verhalten des Einen mit den Worten quittierte, er wirke wie ein Verhütungsmittel.

Frieda gab es zu denken, wenn sie sich sagen mußte, sie liebe ein Verhütungsmittel. Wie stand sie denn vor sich selbst als Frau da, wenn es stimmte, daß die abwehrende Umhüllung sie mehr anzog als das, was in ihr steckte oder stecken sollte? Denn manchmal beschlichen sie heftige Zweifel, ob das unfaßbare Objekt ihrer Begierde nicht nur ein Trugbild war … Um diesen Zweifeln abzuhelfen, faßte sie eines Tages den Entschluß, den Stier bei den Hörnern zu packen.

»Trifft es zu, daß meine Liebe einer Phantasmagorie gilt«, sprach sie zu sich selbst, »trifft es zu, daß Herz und Sinne und nicht zuletzt der Verstand«, denn die Gespräche mit ihm amüsierten sie ganz besonders, »daß also mein inbrünstiges Sehnen auf ein Fabelwesen gerichtet ist, dann möchte ich wie im Märchen mit diesem Fabelwesen zusammentreffen, um zu erfahren, was dann geschieht. Stimmt es aber, was ich viel eher glaube, daß in seiner Pariser Haut ein kräftiges Stück Fleisch steckt, wie es sich ja rechtens auch gehört, dann möchte ich endlich zugreifen und meinen Hunger nach einer saftigen, lebensstrotzenden Speise stillen.« So sprach Frieda zu sich selbst, um sich Mut zu machen. Dann setzte sie das Unternehmen »Wursthaut« in die Tat um.

Ihr Gefühl und ihr Verstand sagten ihr, daß man diese Wurst häuten müsse, um in den Genuß ihres wohlschmekkenden Inneren zu gelangen. Doch wie häutet man eine lebende Wurst ohne ihre Gegenwehr? Denn daß er zu der Spezies der Märtyrer zählen würde, die sich für ihren Glauben mit Wonne die Haut bei lebendigem Leibe abziehen ließen, womöglich unter ekstatischem Absingen von Kirchenliedern, das nahm sie nicht an.

»Eigentlich müßte man die Wurst dazu bringen, ihre Haut von selbst abzuwerfen«, sagte sich Frieda. »Doch dann«, so schloß sie messerscharf, »wäre die Wurst keine Wurst mehr, sondern eine Schlange.« Der psychoanalytisch mehr als offenkundige Gehalt ihrer Phantasien ließ Frieda, die in einer Klosterschule aufgewachsen war, aber ihren Horizont inzwischen durch allerhand Lektüre erweitert hatte, entsetzensvoll erschauern, doch schließlich faßte sie sich ein Herz und führte ein Telefongespräch mit einem ihrer gemeinsamen Freunde, um ein Treffen zu arrangieren. Es war ihr ganz gleichgültig, ob dieser das Offenkundige ihrer Vorgehensweise durchschaute, Hauptsache, sie kam zu ihrem Vergnügen und konnte sich als Schlangenbeschwörerin oder Wurstenthäuterin betätigen.

Das Treffen fand in einer Bahnhofsrestauration statt, die einerseits wegen ihrer vorzüglichen Küche von weither besucht wurde, andererseits durch die Nüchternheit ihres Dekors keinerlei Anlaß zu romantischen Spekulationen gab. Frieda hatte alles getan, um ihre weiblichen Reize in bestem Licht, doch nicht zu auffällig, erscheinen zu lassen, sie hing nämlich noch immer dem Glauben an, sie dürfe sich nicht zu sehr in den Vordergrund spielen. Ein gütiges Schicksal hatte ihren gemeinsamen Freund an einer heftigen Magenverstimmung erkranken lassen, so daß sie nun zu ihrem freudigen Erschrecken ihm höchstselbst und leibhaftig allein gegenübersaß. Die Zeremonie der Begrüßung war bald abgewickelt, und das Studium der Speisekarte half ihr über die erste Verlegenheit hinweg. »Wie nur«, sprach Frieda zu sich selbst, »wie nur stelle ich es an, meinem Angebeteten die Natur meiner Begierden klarzumachen, ohne die Regeln der Dezenz allzu kraß zu verletzen?« Die Lektüre des Menüs enthob sie dieser Grübeleien, denn als Tagesgericht waren Würste mit Sauerkraut und Bratkartoffeln angeboten. Eingedenk des Titels ihres Vorhabens und eines französischen Freundes, der 1974 beim Verzehr von Andouillettes, scharf gewürzter, mit Kutteln gefüllter Würste von einschlägiger Form, den Kommentar abgegeben hatte, dies sei das Essen zum Jahr der Frau, bestellte sie beherzt eine Wurst, die sie mit sichtbarem Appetit genüßlich verzehrte, nicht ohne ihr vorher die Haut abgezogen zu haben. Friedas Erstaunen und Entzücken waren jedoch keine Grenzen gesetzt, als sie sah, was er auf seinem Teller hatte: Schnecken! Diese possierlichen Tierchen hatten ihr zwar immer wegen ihrer Glitschigkeit einen gelinden Schrecken eingejagt, doch nun öffnete ihr die Liebe die Augen für die sinnlichen Qualitäten dieser Speise. Mit geschickter Hand befreite August, denn dies war sein Name, eine nach der anderen aus ihrem Häuschen und ließ sie in seinem Mund verschwinden.

Frieda war perplex: Sollte er die gleichen Begierden hegen wie sie selbst, sollte er die Einwilligung zu diesem Treffen mit denselben Hintergedanken gegeben haben? Ein Wort aus seinem Mund versetzte sie endgültig in ungläubiges Staunen, denn August schlug einen Verdauungsspaziergang in ein Wäldchen am Rande der Stadt vor. Friedas unternehmerischer Geist fügte sich mit Wonne diesem Wunsch. Lustwandelnd schütteten beide ihre Magensäfte mit den genossenen Speisen und dem getrunkenen Wein zusammen und waren alsbald so berauscht, daß sie sich voll Verlangen in die Arme sanken. Der Austausch von Körpersäften beim Küssen zeitigte jedoch eine überraschende Wirkung: Frieda fühlte, wie ihr zwei Hörner wuchsen, wie sich ihr Körper in eine weiche, feuchte Schnecke verwandelte, wie auf ihrem Rücken ein elegant geschwungenes Haus entstand. August hingegen präsentierte sich als züngelnde Schlange, die sich voll Begierde an Frieda schmiegte und ihr glühende Liebesworte gegen die Fühler – denn Schnecken haben keine anderen Sinnesorgane – hauchte.

Der Liebestaumel brachte beide vom rechten Weg ab, und ehe Frieda einen klaren Gedanken fassen konnte, befand sie sich in ihrer neuen Gestalt mit dem gleichfalls verwandelten August auf einer mit Kiefernnadeln bedeckten, sonnenbeschienenen Lichtung. »Ich weiß zwar nicht, wie eine Schnecke die Wonnen der Liebe empfindet«, dachte Frieda noch, als sie sich mit der Schlange August in leidenschaftlicher Umarmung auf dem Boden wälzte, »aber eigentlich müßte meine Glut einen Waldbrand verursachen.« Dann dachte sie nichts mehr.

Als Frieda wieder zur Besinnung kam, fand sie sich, Kiefernnadeln im verwirrten Haar und umgeben von verstreuten Kleidungsstücken, mit einem gleichfalls verwirrten August auf dem weichen Waldboden wieder. Ihr Auge fiel auf ein Schneckenhaus, das neben einem wursthautähnlichen Gebilde zwischen den Wurzeln einer Kiefer lag. »Seltsame Paarungen bringt die Natur zustande«, dachte Frieda erstaunt. August klaubte ihr die Kiefernnadeln aus dem Haar und sagte: »Wie wär's mit Anziehn?«

Das Haus

Ein Monodramolett
Für F. P.

Ja, so sind sie, die Weiber: Zuerst plant man jahrelang, zer-
martert sich das Hirn, macht einen wirklich intelligenten Plan,
stellt ein Super-Haus hin – drei Millionen hat's übrigens
gekostet, D-Mark, nicht Schilling –, und dann lacht die sich
einen andern an und läßt mich einfach sitzen! Und das Haus
behält sie auch noch. Alles hat man aufgegeben, alles – Re-
ferendarstelle in Nordrhein-Westfalen, eventuell Uni-Kar-
riere –, zieht in dieses Kaffern-Land, wo sie gar nicht richtig
Deutsch können und dazu noch stolz auf ihren unsäglichen
Dialekt sind, »O Bömm kond tanza« und so Zeug, was auch
immer das heißen mag – und dann setzt sie einen einfach vor
die Tür und besetzt mit ihrem Galan *mein* Territorium! Es war
mir ja zu blöd, da noch groß rumzukämpfen, schließlich muß
sie selber wissen, was Qualität ist, und dafür hat diese Frau
einfach kein Gespür. Sonst könnte sie nicht jetzt die Wahn-
sinnsidee haben, das Haus einfach zu teilen. Man stelle sich
das vor: So eine hochintelligente Konstruktion, um eine
Längsachse gebaut, mit durchgehendem Kamin – die warme
Wand heizt das ganze Haus, außerdem hat es natürlich auch
noch Sonnenkollektoren und eine Grundwasserumlaufpumpe,
klar, bei den Energiepreisen –, also dieses einmalige, durch-
dachte Superhaus, das baut die einfach um. Der Architekt soll

ja die Pläne von dem Bau weggeworfen haben; das wundert mich nicht, schließlich hat sich damals, in der Abschlußphase, niemand mehr drum gekümmert, weil wir schon in Scheidung waren, ich hätte das Zeugs auch weggeschmissen, aber da wird sie sich jetzt etwas schwerer tun mit dem Umbauen, so ohne Pläne. Also, mitten durch soll eine Wand kommen, und das Ganze soll dann für zwei Familien da sein, die zweite Hälfte will sie verkaufen. Zugegeben, es war schon etwas protzig in der ersten Ausführung, großartig eben. Schon der Eingang, eine riesige, vorne offene überdachte Halle, da könnte man einen Kran drin parken. Und innen, die Anordnung der Räume, mit Balustrade oben ums Wohnzimmer, zwei Terrassen, eine mit einem Brunnen, den ich selbst aus Spanien mitgebracht habe, paßt prima das Ganze, und dann die Färbung der Kaminwand, so zwischen Orange und Ocker, wie in Mexiko. Ein schönes Haus, das muß man schon sagen. Aber etwas protzig war es wirklich. Nur wenn man an ihr Elternhaus denkt, daneben wirkt es eher bescheiden, aber natürlich geschmacklich viel gediegener. Eine Großtante wohnt dort noch immer in einer Zweihundert-Quadratmeter-Wohnung. Das ist der großbürgerliche Lebensstil, wenn man den einmal gewöhnt ist … Etwas merkt man ja die fehlende Pflege an dem Haus, das muß ich schon sagen. Das Klavier haben sie noch immer nicht stimmen lassen, und beim Klavierhocker löst sich der Stoffbezug in Fetzen ab. Aber das ist eben keine Bezugsseide, sondern irgendsoein Fähnchenstoff, zugegeben dekorativ, aber eben nicht die Qualität. Und für die Kinder ist so eine Scheidung ja auch nicht gerade das Beste. Mein Sohn, er ist jetzt elf, mußte sich kürzlich am Abend schon wieder Spargelsuppe aus dem Beutel aufwärmen, zum dritten Mal in

einer Woche, weil er einen Zettel vorfand: Kommen erst spät
zurück, Gruß, Mama. Da hab ich doch das Kind genommen
und in ein Wirtshaus verfrachtet, hatte zwar selbst gerade zuwenig Flüssiggeld bei mir, hätte erst'n paar Kröten aus der
Wand ziehen müssen, aber so am Land, da ist das ja auch nicht
so einfach, also jedenfalls war da noch so ne Bekannte von mir
mit, ganz patente Person, obwohl, wenn ich bedenke … aber
das ist jetzt mal egal. Also, wir sind dann mit dem Kind in einen sogenannten Heurigen, was sie hier eben Heurigen nennen, mit Plastiktrauben als Dekoration, die Gäste nur Männer,
beim unvermeidlichen Jasskartenspiel, und haben mal eben
drei ordentliche Teller Pommes frites mit Ketchup bestellt,
gute, ehrliche Fritten, da weißt du, was du hast. Da hat sich
der Junge mal sattgegessen. Die Bekannte hat das Geld vor-
gestreckt. Wenn ich bedenke, selbst das zweite Kind meiner
Ex-Frau, das sie mit ihrem Neuen hat, sagt manchmal Papa zu
mir. Der Kleine spürt vielleicht, wo's langgeht, bei mir wäre er
jedenfalls in guten Händen, aber was will man machen. Wenn
ich daran denke, daß ich jetzt in einem Reihenhaus wohne,
Vorraum, Wohnraum, Schlafraum und integriertes Klo-Bad,
da könnten mir schon die Fritten hochkommen. Aber ich stell
mir schon wieder was hin, so'n richtig intelligentes, ausgeklü-
geltes Haus, nicht eins, wo man mit dem Geld nur so um sich
wirft, sondern ein richtiges, durchdachtes, ehrliches Haus, wo
du die Qualität spürst, und auch die Intelligenz, die dahinter-
steht. Das schaff ich noch. Was wohl Leokadia Kulczyk dazu
sagen würde? Leokadia Kulczyk war eine meiner Großmütter,
aus Gdansk oder Danzig. Ich hatte drei Großmütter, weil einer meiner Großväter zweimal verheiratet war. Meine Heimat
ist eigentlich bei den Sorben, oder noch weiter östlich, in

Preußen. Wenn ich an Onkel Püppchen, alias Alfred Gnielinski denke oder an Johanna Kobylinski, meine andere Großmutter, oder an Anna Durka, die dritte Großmutter … Das waren Gestalten. Eigentlich waren das noch richtige Weiber, die hätten auch die Großväter unter dem Rock versteckt, beim Kartoffelklauben. Ich war ja jetzt wieder mal drüben, in der sogenannten ehemaligen DDR, da spürst du die Wurzeln, du kannst sagen, was du willst. Mit meinem Kombi bin ich rumgefahren, in der Nacht die Sitze umgeklappt, da mußt du nicht lange Quartier suchen. Mal die ganze Gegend um Lübeck abgeklappert, und dann nach Osten. Schon ganz eindrucksvoll das, ich muß schon sagen. Hätte ja nie geglaubt, daß es so etwas wie Heimatgefühle gibt, aber die kommen dann doch hoch in einem, da kannst du noch so aufgeklärt sein. Mein Vater hat alles doppelt gemacht, er war Dr. med. und Dr. med. dent. Normaler Arzt und Zahnarzt. Das kommt wahrscheinlich von den zwei Müttern. Also, die Leokadia Kulczyk, wenn die das große Haus gesehen hätte, das von meiner Ex-Frau, ich glaube, die hätte sich mal die Hände an der Schürze abgewischt und dann gesagt: »Ja, kannste denn das alles bezahlen? Ist das nicht'n bißchen groß für drei bis vier Leute?« Wir waren zwar auch reich, aber doch etwas gediegener, nicht so großmannssüchtig. Und dann alles verloren. Und jetzt ist der Osten ja wieder bei uns. Wenn ich bedenke: die Berliner Mauer ist gefallen und meine Ex-Frau zieht eine Mauer durch *mein* Haus, denn eigentlich ist es doch mein Haus. Früher hätte ich sagen können, als alter Lateiner, der ich natürlich auch bin – Latein kommt übrigens wieder: »Domui in serviendo consumor«, also »Im Dienst am Hause verzehre ich mich.« Frei nach Bismarck, der gesagt hat: »Patriae in serviendo consumor.« Ja, Bismarck, das war eben auch ein Preuße, aus altmärkischem Geschlecht, Schönhausen, Kreis Havelberg. Kürzlich habe ich eine Inschrift gelesen, auf einem Bierkrug bei einer Auktion: »Dem starken Bezwinger zänkischer Zwietracht.« Und heute haben wir den Messias von Oggersheim, das ist der Unterschied. Kohl. Schlicht und einfach: Kohl. Nichts weiter. Helmut ist ja auch kein Vorname für einen Reichsgründer, verglichen mit Otto von. Und die Johanna von Puttkamer war auch nicht von schlechten Eltern. Geboren in Viartlum, das zergeht doch schon auf der Zunge, als Name. Waren ja angeblich recht glücklich miteinander, der Otto und die Johanna, was man von mir nicht gerade behaupten kann. Wo finde ich meine Johanna von Puttkamer? Intelligent müßte sie sein, Feuer müßte sie haben, und von schlechten Eltern sollte sie auch nicht sein. So'n richtiges Weib, aber mit Köpfchen. Und schön sein müßte sie auch, wenn schon, denn schon. Am ehesten noch die eine Bekannte, die damals die Fritten bezahlt hat. Obwohl, bei der glaub ich manchmal, die kann mit jedem. Sie treibt's wahrscheinlich nicht mit jedem, aber sie könnte. Und wohnt noch dazu in einer Gegend, wo einmal eine Prostituierte umgebracht wurde. Aber in dieser Stadt ist es schwer, nicht in einer Gegend zu wohnen, wo einmal eine Prostituierte umgebracht wurde. Also, die Bekannte, die mit den Fritten, hält sich, glaub ich, ganz gut in der Umgebung. Auch eine Leistung. – »Isabella von Ägypten. Kaiser Karl des Fünften erste Jugendliebe«, von Achim von Arnim. Könnte ich auch mal wieder lesen. War ein Preuße, der Arnim, da kann nicht viel schiefgehen. Ach ja, die alte Heimat. In Lübeck, zwar nicht gerade Preußen, ich weiß schon, aber doch, in Lübeck auf dem Bürgermeisterhaus habe ich einen Spruch gelesen: »Wenn dieses Haus so lange steht, bis aller Neid und Haß vergeht, dann bleibt's fürwahr so lange stehn, bis die Welt wird untergehn.« Oder bis der Kohl nach unten wächst, wie meine Großmutter Leokadia Kulczyk zu sagen pflegte. Na, dann mal abwarten.

Am Marterpfahl der Irokesen

In der zweiten Klasse Volksschule bekamen wir einen Kaplan im Religionsunterricht und ein katholisches Monatsheftchen mit dem Namen *Das Gotteskind*. Darin wurde mit Vorliebe von Missionaren berichtet, die heidnischen Eingeborenen in die Hände fielen und von ihnen zu Tode gefoltert wurden. Besonders in Erinnerung ist mir eine Geschichte mit dem Titel *Am Marterpfahl der Irokesen*, wo ein Missionar von Indianern durch Abziehen der Haut bei lebendigem Leib und Stechen mit spitzen Pfählen zu Tode gebracht wurde.

Der Kaplan hatte sich in der ersten Religionsstunde bei uns eingeführt, indem er alle Kinder nach ihren Eltern fragte, nach dem Motto: »Wem gehörst du?« Ich gehörte gottseidank zwei Eltern, die man vorzeigen konnte, beide römisch-katholisch, obwohl meine Mutter nie in die Kirche ging und eher einem südländischen Heiligenkult anhing, als auf den lieben Gott vertraute. Bei Verlust irgendeines Gegenstandes leierten wir den vorarlbergisierten Spruch herunter: »Heiliger Antonius von Padua, hilf mir suocha, was i varlora ha.« In dringenden Fällen wurde eine Kerze für den heiligen Antonius angezündet. Mein Vater war in einem Jesuiteninternat aufgezogen worden und hatte aufgrund der exzessiven Gebetsübungen in seiner Jugend schon so viele getrocknete Vaterunser auf dem Dachboden hängen, daß es auf eines mehr oder weniger nicht mehr ankam.

Ich hatte also, wie gesagt, vorzeigbare Eltern, nicht so allerdings meine Mitschülerin Evi Vorberger. Sie kam aus Wien, wohnte in einer alten Villa im Weiherviertel mit einem verwilderten Garten, in dem auch eine ungarische Flüchtlingsfamilie namens Toth hauste, und hatte kurz zuvor ihren Vater verloren. Sie brach bei der Frage nach ihren Eltern in Tränen aus. Der Kaplan bohrte ungerührt weiter, und als er herausgebracht hatte, daß der Vater tot war, fragte er, wo er denn begraben sei. Er war überhaupt nicht begraben, sondern hatte sich verbrennen lassen. Das sei verboten, sagte der Kaplan, da käme man nicht in den Himmel. Evi schluchzte weiter, ihre aufgesteckten blonden Haare sahen aus wie um eine Käseschachtel gewickelt. Damals beschloß ich, mich neben sie zu setzen, ihre Freundin zu werden und sie zu beschützen.

Wenn zwei Buben stritten, packte der Kaplan sie zuerst an den kurzen Haaren über dem Ohr, was besonders schmerzhaft war, dann ergriff er sie am Hinterkopf und schlug ihnen die Schädel vor der Klasse zusammen. Für Mädchen waren die Psychoterrormethoden reserviert. Der Kaplan hatte faule Zähne und schwarze Haare, die er mit Brillantine glatt aus dem Gesicht gekämmt trug, und fuhr einen blauen Puch-Roller mit der Nummer V30.284. Das weiß ich bis heute. Wir hatten zwei nichtkatholische Mädchen in der Klasse, Karin Trampitsch, die war überhaupt nichts, und Margit Müller, evangelisch und eine Deutsche. Sie war beim Ballett und tanzte der Klasse einmal einen *Chinesentanz* vor.

Warzen behandelte man damals noch mit Röntgenstrahlen, und ich spürte das Hautabschälen am eigenen Leib, als drei

Warzen am rechten Zeigefinger, im linken Handteller und am rechten Knie verbrannt wurden. Mein Vater konnte den Leuten ins Innerste sehen, wenn sie auf seinem Röntgenapparat standen. Er wußte alles, auch was man nicht sagte. Einmal hatte ich verbotenerweise genascht und stritt alles ab. »Es steht dir auf der Stirne geschrieben«, sagte mein Vater. Ich stellte mir eine glühende Schrift auf meiner Stirn vor: »Ich habe gestohlen«, hielt das durch Nachdenken nicht für möglich und log verstockt weiter.

Mit sieben oder acht Jahren sah ich im Abendprogramm einen Film im Fernsehen: Ein junges Paar heiratete, dann sah man plötzlich Umzüge in den Straßen, die junge Frau wurde mit abgeschnittenen Haaren und einem Schild auf der Brust durch die Stadt geführt. Dann kam sie ins KZ, weil sie Jüdin war, ich glaube, da trug sie dann ein Kopftuch. Die Buchstaben »K« und »Z« versetzten mich in einen entsetzlichen Schrecken. Im KZ tanzten die SS-Männer mit den schönen jungen Frauen. Sie trugen Stiefel, die Frauen waren barfuß. Die SS-Männer trampelten den Frauen mit ihren Stiefeln auf den Füßen herum. Einer schleppte die junge Frau in eine Kammer, wo für Hinrichtungen eine Eisenkugel an einer Kette von der Decke hing. Im Zuge des Handgemenges gelang es der jungen Frau, die Kugel in Schwung zu bringen und den Mann zu töten. Offensichtlich blieb der Fall unentdeckt. Dann sah man eine alte Frau, die nur mit Lumpen um die Füße mitten im Winter im Schnee nach einem Kleeblatt suchte. Man hatte ihr eingeredet, dann käme sie frei. Sie war vor Verzweiflung irrsinnig geworden und suchte blöde lächelnd weiter nach ihrem Glück. Die junge Frau blieb so oft als möglich in ihrer Nähe, um sie in ihrer Verlassenheit zu trösten. Der Mann der jungen Frau hatte sie nicht vergessen und versuchte inzwischen, sie aus dem KZ zu befreien. Sie erhielt die Nachricht, sie solle sich an einem bestimmten Tag zu einer bestimmten Stunde zum elektrischen Zaun schleichen, der dann kurz ausgeschaltet sei. Dort würde ihr Mann auf sie warten. Am Schluß des Films sah man, wie sich die beiden am Zaun trafen und wie die Frau versuchte, hinauszuklettern. Als sie es schon halb geschafft hatte, wurde der Strom wieder eingeschaltet, die Scheinwerfer gingen an, und man sah beide als halbverkohlte Leichen im Stacheldraht hängen. Ich sah mir den Film mit vollkommen unbewegter Miene an. Meine Tränen flossen nach innen. »Wie eine Indianerin«, sagte mein Vater, dem das Verhalten seiner Tochter seltsam vorkam.

Am Schulhof spielten wir damals nach Geschlechtern getrennt, links die Mädchen, rechts die Buben. Eines Tages stand ich in einer Gruppe, als ich plötzlich einen heftigen Schmerz an der linken Schläfe fühlte. Ein Mitschüler, Ferdinand Lampel, hatte eine Kastanie nach mir geworfen. Meine Schläfe lief blau an, aber als Indianerin zeigte ich keinen Schmerz und wurde von den Lehrern für meine Tapferkeit gelobt. Meine Freundin Evi und ich beschlossen eines Tages, uns an einem der Buben, der uns besonders oft an den Zöpfen oder an den Haaren zog, zu rächen. Wir paßten ihn auf dem Schulweg gegenüber der Friedhofsmauer ab, überfielen ihn zu zweit und rieben ihn mit Schnee ein, von ferne von der Klasse beobachtet. Von da an hatten wir uns Respekt verschafft und wurden in Ruhe gelassen.

Meine Mutter ging manchmal mit mir in der Mittagspause mit der Frau Weber, einer Nachbarin aus Italien, ins Café Öller in der Bahnhofstraße. Dann redeten sie Italienisch, meine

Mamma erzählte (auf deutsch), wie die Faschisten in Südtirol Propaganda gemacht hätten. Ich konnte mir unter Faschisten nichts vorstellen, wußte nur, daß der Grabstein meines Großvaters von Franz Obermair auf Francesco Obermair umgeändert werden mußte und daß ich zwei Onkel gehabt hätte. Einer war in Eritrea gefallen, der andere in Finnland. So hatte ich keinen Onkel mütterlicherseits, nur väterlicherseits. Mein Vater verdankte sein Leben der Tatsache, daß er kein Heidelbeerkompott mochte. Er lag in Kreta mit Typhus im Lazarett und erzählte, eines Tages habe es Heidelbeerkompott gegeben, er habe aber keines gegessen. Der Kranke neben ihm sei daran gestorben. Einmal fand ich im Nachtkästchen meiner Mutter Fotos aus ihrer Zeit als Krankenschwester. Darauf sah man amputierte Beinstümpfe und Arme. Sie erzählte manchmal, in der Schwesternschule in Zams habe sie sich geweigert, Euterfleisch zu essen. Das Grausigste seien die Bauchschüsse gewesen.

Die Erinnerung an das KZ verfolgte mich. Mit vierunddreißig Jahren wagte ich endlich, eines zu betreten und machte eine Exkursion nach Mauthausen mit. Wir gingen die Todesstiege hinunter, über die unregelmäßigen Stufen. Am Fuße des Steinbruchs der Teich, in den eine Gruppe aus Amsterdam deportierter Juden über den Felsen in den Tod springen mußte. Auf dem Gelände ein Schild: »Ballspielen verboten«. Die Todesstiege wieder hinauf. Elsa sagte zu ihrem Mann August, der im KZ Aschendorfermoor in Ostfriesland im Lager II gewesen war: »Da hast du es ja noch gut gehabt.« Im Museum der Film über die Mühlviertler Hasenjagd, Interviews mit Beteiligten. Ich habe mir die Frau gemerkt, eine einfache Bäuerin, die erzählte, sie und ihre Mutter seien in der Stube beim Beten gesessen, als ihr Bruder heimkam und berichtete, die halbverhungerten Skelette der ausgebrochenen russischen Häftlinge würden mit Schäferhunden gehetzt und von der SS und den Bauern totgeschlagen. Die Mutter habe gesagt: »Wenn einer zu uns kommt, wir helfen ihm.« Sie haben zwei gerettet. Ich habe mir den amerikanischen Oberst gemerkt, der über die Befreiung von Mauthausen erzählen sollte und der nicht mehr sprechen konnte, weil ihm die Tränen kamen und das Weinen seine Stimme erstickte. Wir gingen durch die Baracken, in einer hing ein Foto von eingesperrten Frauen mit schönen langen Haaren. Die Wandkritzelei eines Häftlings: »Gott, wenn es dich gibt, warum hast du uns das angetan.« Im Museum ein Brief, in dem eine Bäuerin von einem benachbarten Hof an die Lagerleitung schrieb, sie halte das Geschrei der Gequälten nicht mehr aus, man möge die Folterungen an eine Stelle verlegen, wo sie sie nicht mehr hören könne. Fotos von den medizinischen Experimenten, ein zwergwüchsiger, verwachsener Krüppel. Ich sah die Briefe und Befehle der SS-Lagerleitung fein säuberlich in den Vitrinen ausgestellt und aufbewahrt. Wut packte mich; am liebsten hätte ich die Gläser zertrümmert, hinter denen mich die Gesichter der Mörder anblickten, und sie angespuckt. Ich konnte die Tränen nicht mehr zurückhalten und brach in lautes Schluchzen aus. Ein Schrei aus einer Tiefe, von der ich gar nicht gewußt hatte, daß es sie gab. Ein Mann aus der Gruppe sagte: »Es war zu viel für sie.« Eine Frau nahm mich in ihre Arme und gab mir ihr violettes Seidentuch, um meine Tränen abzuwischen. Sie sagte: »Sei froh, daß du noch weinen kannst.« Ich dachte an all die Toten, die gequält und ungetröstet und allein gestorben waren und die niemand mehr lebendig machen konnte, und eine abgrundtiefe Trauer erfüllte mich. Ich dachte an den Zwerg Oskar Matzerath aus der *Blechtrommel*, dessen Stimme die Kraft hatte, Glas zum Zerspringen zu bringen. Ich wollte so laut schreien, daß die Mauern einstürzten und nichts mehr übrigblieb von dem Denkmal der Mörder.

Der liebe Anton

»Dem lieben Anton. Mama und Papa« stand auf dem Kranz,
Tannenreis mit roten Rosen, der als einziger auf seinem Grab
lag. Die andern Kränze waren noch in der Leichenkapelle, als
die Trauergäste Weihwasser spritzten. Papa, schon bald neunzig, stand aufrecht am Grab und sagte: »Ich danke allen, die
zum Begräbnis unseres lieben Anton gekommen sind.« Dann
lud er zum Leichenmahl in einem Gasthaus in der Nähe ein.
Die Mama, auch schon weit über achtzig, aber ebenfalls noch
rüstig, stand daneben. Der Papa hatte den lieben Anton gefunden und vom Strick geschnitten. Er hatte sich in der Wohnung der Eltern erhängt, mit neunundvierzig Jahren, einen
Zettel hinterlassen, auf dem stand: »So nicht« und ein Buch
hingelegt: Arthur Schnitzler, *Der Weg ins Freie*.

»Tut nichts, der Jude wird verbrannt. Tut nichts, der Jude
wird verbrannt. Tut nichts, der Jude wird verbrannt«, heißt es
in Lessings *Nathan* dreimal hintereinander. Diesen Satz soll
er oft gesagt haben. Noch am Tag seines Selbstmordes hat er
in der Stadt in einem seiner Stammlokale mit jemandem
getrunken und ganz heiter gewirkt. Wahrscheinlich wußte er,
was er vorhatte. Er war aus der Kirche ausgetreten und hatte
sich umgebracht, trotzdem fand ein Gottesdienst zu seiner
Verabschiedung statt, die Eltern wollten es unbedingt. Der
Pfarrer sagte, er habe in seinem Studium einen solchen
Begriff von Wahrheit kennengelernt, daß er sich nachher im

Leben nicht mehr zurechtfinden konnte. Die einfacheren Leute hier drücken es schlichter aus: »Zu gescheit – studiert – überstudiert – übergeschnappt. Es kam, wie es kommen mußte. Ein Spinner. Eine gescheiterte Existenz.« Jetzt sitzt er als Aschenhäufchen in seiner Urne im Grab und feiert Weihnachten unterirdisch. Oder er ist im Pantheon und kann endlich mit den großen Geistern diskutieren, die er sich sein Leben lang als Gesellschaft gewünscht hätte: Kafka, Stifter, Lessing, Tschechow, Eisenstein, die großen Filmregisseure.

Bei seinen Eltern habe er alles gegolten, sagen die einen. Sie haben ihm, ohne mit der Wimper zu zucken, bis vierzig das Studium bezahlt. Er studierte alles mögliche, Germanistik, Philosophie, Judaistik, aber machte nichts fertig. Seine Jugendliebe, mit der er eine Tochter hatte, drängte ihn, Arbeiten abzuschließen und gab sie ab. Mit neunzehn machte er den ersten Selbstmordversuch; wie es damals so üblich war, kam er in die geschlossene Anstalt, sie hat ihn in einer Nacht- und Nebelaktion herausgeholt, im Pyjama. Damals habe er gesagt, mit einundzwanzig würde er sich umbringen. Mit neunundvierzig ist es ihm geglückt, an einem Mittwoch, zehn Tage vor Weihnachten. Er habe nicht akzeptiert, daß man Fehler machen könne, weder bei sich noch bei anderen, sagte der Pfarrer. Auch eine Institution wie die Kirche mache Fehler. An dieser Stelle ist Anton in seiner Urne sicher das Kotzen gekommen. Ich kann mich noch erinnern, wie er einmal gegen das verlogene, klerikale schwarze Bürgertum von B. losgezogen ist, für ihn verkörpert in der Gestalt des langjährigen Bürgermeisters Karl T. Ach Anton. Ach Anton, mir wäre lieber, du wärst noch lebendig.

Ich habe ihn wochenlang nicht mehr gesehen, aber wenn ich jetzt durch die Stadt gehe, am Café Börse oder an den anderen Lokalen vorbei, wo er zuviel getrunken hat, dann warte ich darauf, daß er herauskommt, in seinem dreiviertellangen Mäntelchen, der Schirmmütze auf dem Kopf, dem schwarzen Bart, dem wilden Blick und der Umhängetasche. Aber er kommt nicht mehr.

»Das werde ich nie vergessen, wie er die verschimmelte Zuger Kirschtorte zu Weihnachten bekommen hat«, erzählt eine Freundin. Wenn man die Mutter darauf angesprochen hätte, hätte das gar nichts genutzt, sie waren ja so liebenswert, in der Familie. »Ja, das haben wir gar nicht gesehen, daß das Datum schon abgelaufen ist«, soll sie gesagt haben. Ein andermal bekam er ein angebrochenes Päckchen Zigaretten zu Weihnachten. Bei der Beerdigung soll die Mutter Beruhigungstabletten genommen haben. Der Vater hat ihm seine Wohnung gerade mit Bücherregalen ausgestattet, er war Wagner von Beruf. Anton, der mißratene, aber heißgeliebte Sohn. Als er noch Theaterkritiken für eine Zeitung schrieb, hat er für jede Kritik mindestens sechs Bücher gelesen. In der Redaktion hat man ihm gewohnheitsmäßig irgendeinen Absatz herausgestrichen, obwohl Platz gewesen wäre, weil man eben immer irgend etwas streicht. Der Cineclub, den er geleitet hat, wurde durch eine Aktion der Großkinobesitzer umgebracht. So hat er seine Tätigkeitsfelder verloren. Ein Halbtagsjob bei der Hypothekenbank, das war alles. Heute war das Begräbnis, aber bis jetzt ist weder eine Todesanzeige noch ein Nachruf in irgendeiner Zeitung erschienen. Anton wollte sich aber auch nirgends bewerben, er glaubte nicht an sich. Als ich das erste Mal mit ihm gesprochen habe, in einem Gasthaus an der Theke, erzählte er mir gleich, er sei in einer Anstalt gewesen, wie wenn er eine ansteckende Krankheit hätte.

Er war ein feinfühliger, hochgebildeter Mann, sagt eine schwedische Sängerin, die ihn gekannt hat. Er hat immer nur Monologe gehalten, sagt eine ehemalige Freundin.

In der Leichenkapelle, wo die Urne aufgebahrt ist, kann man Abschied von ihm nehmen. Er hat in der Schillerstraße gewohnt. »Und muß ich so dich wiederfinden?«, heißt es in den *Kranichen des Ibykus*, als man dessen Leiche findet. »Von der Parteien Gunst und Haß verwirrt, schwankt sein Charakterbild in der Geschichte« im Prolog zu *Wallensteins Lager*. »Unter Larven die einzige fühlende Brust«, so ist er sich wahrscheinlich oft vorgekommen.

»Tut nichts, der Jude wird verbrannt. Tut nichts, der Jude wird verbrannt. Tut nichts, der Jude wird verbrannt.« Vielleicht kann man noch etwas aus seinem Nachlaß publizieren. Tot ist er erst, wenn niemand mehr von ihm spricht.

VaterMörder

»Es steht ein Soldat am Wolgastrand, hält Wache für das Va-
terland«, und so weiter und so weiter, bis: »Du hast im Himmel viel Engel bei dir, schick doch einen davon auch zu mir.«
Ich blicke aus dem Fenster, vor mir der Pfänder in den Mode-
farben des Herbstes, eine Pappel flimmert. »Du hast im Himmel viel Engel bei dir, schick doch einen davon auch zu mir.«
Das innere Radio spielt unverdrossen weiter: »Du hast im
Himmel viel Engel bei dir, schick doch einen davon auch zu
mir.«
   Ich wäre schon bald nach meiner Geburt ein Engel geworden. Fünf Tage nach meiner Ankunft, laut Auskunft des Spi-
tals gesund, schrie ich eine Nacht durch. Ich hatte eine Nabelsepsis, eine Blutvergiftung. Mein Vater spendete mir mit
Kamillentee die Nottaufe, damit ich wenigstens in den katho-
lischen Himmel käme. Er taufte mich auf den Namen einer
seiner Schwestern, die als Kind an Lungenentzündung gestorben war. Meine Mutter war außer sich: »Wenn du das
Kind so taufst, dann stirbt es.« Später erzählte mein Vater oft,
er sei sich wie ein Mörder vorgekommen, aber er wollte nicht
so abergläubisch sein. Bei meinen Krankheiten im Kindes-
alter machte er dann Fotos von mir, wie ich zum Beispiel auf
dem Kanapee in der Stube liege, in eine Decke eingewickelt,
mit riesengroßen Augen und Fieberflecken auf den Wangen.
»Da habe ich noch schnell ein Sterbebildchen von dir ge-

macht«, erzählte er, wenn wir das Fotoalbum anschauten. Als Kind ging ich gerne auf den Friedhof, zu den Kindergräbern mit den kleinen weißen Engeln. Vielleicht wäre ich gerne so ein Engel gewesen.

Mit vier Jahren bekam ich die Schneckenphobie. Meine Geschwister, damals vier an der Zahl, steckten mir Kapuzinerschnecken in die Taschen meiner Jacke. Mit der Zeit lief ich schon schreiend davon, wenn man mir nur von ferne ein Schneckenhaus zeigte. Vorher hatte ich gerne mit Raupen gespielt, auch mit haarigen, aber plötzlich bekam ich ein Ekzem davon. Damals fiel mir das Brett von der Schaukel auf den Fuß, ein Mittelfußknochen war gebrochen. Es war aber bloß ein Grünholzbruch, ich bekam keinen Gips. »Das heilt von selbst wieder«, sagte mein Vater.

Meine Schwester bekam manchmal Prügel, weil sie ein Suppenkasper war. Ich lief einmal durch den Gang in unserer Wohnung, meine Geschwister machten gerade einen ziemlichen Lärm, da ging die Schlafzimmertür auf, mein Vater kam heraus und haute mir eine herunter. Aus Versehen hatte er mich erwischt. Und einmal, als wir im Winter auf einer Bergstraße fuhren und die Kupplungsbeläge durchgeschmort waren, legte er plötzlich den rechten Arm auf die Lehne des Vordersitzes, um umzukehren, und traf mich dabei an der Nase. Ich bekam Nasenbluten.

»Das Schreiben war immer eine verbotene Freude für mich. Mein Vater liebte es bei mir nicht, aber er konnte mich nie so weit überwachen, daß er es ganz hätte verhindern können.« Mit diesen Worten beginnt der Roman *Der arme Verschwender* von Ernst Weiß. Am Schluß, als der Held, der Arzt wurde wie sein Vater, lungenkrank ist, wird er doch Schriftsteller, aber da weiß man nicht, ob er nicht demnächst stirbt. Also besser früher anfangen, bevor die Gesundheit untergraben ist.

In vorgerücktem Alter, so um die Mitte dreißig, begann ich plötzlich, an der Vaterschaft meines Vaters zu zweifeln. Es war zu einer Zeit, als gerade Mißbrauch von Kindern und Inzest ein neuaufgeflammtes Thema waren. Vorher hatte mein inneres Radio im Vaterwunschprogramm eigentlich eher das Thema aus der Schubertmesse gespielt: »Wohin soll ich mich wenden, wenn Gram und Schmerz mich drücken? Wem künd ich mein Entzücken, wenn freudig pocht mein Herz? Zu dir, zu dir, o Vater, komm ich in Freud und Leiden, du sendest ja die Freuden, du heilest jeden Schmerz.«

Dann lernte ich einen Arzt kennen, in der Steiermark, der den gleichen Familiennamen hatte wie ich, aber nicht mit mir verwandt war. Er war so gegen Mitte vierzig. Im Laufe unserer Gespräche kamen wir darauf, daß er tatsächlich unmöglich mit mir verwandt sein konnte, weil sein Vater gar nicht sein Vater war. Er war der Sohn eines französischen Besatzungssoldaten. Sein Vater hatte seine Mutter trotzdem geheiratet. Das ganze Dorf hatte es gewußt, nur er selbst hatte es erst erfahren, als er schon über zwanzig war. Angeblich machte es ihm nichts aus, aber das glaubte ich ihm nicht. Es ist doch etwas anderes, wenn man einen Franzosen zum Vater hat, jemand aus dem Land der Revolution, Liberté, Égalité, Fraternité, und aus dem Land der guten Liebhaber. Natürlich weiß ich, daß es in Frankreich auch viele biedere Kleinbürger gibt.

Ich hatte schon immer das Gefühl gehabt, ein Kuckucksei zu sein. Also nahm ich meine Mutter ins Gebet. »Mama, ich habe einfach immer das Gefühl, ich bin ein Kuckucksei in unserer Familie.« Meine Mutter sagte, ich würde doch bekanntermaßen sehr einer meiner Cousinen gleichen, der Tochter des ältesten Bruders meines Vaters. In der Nacht wachte ich auf. »Ich gleiche total meiner Cousine … Vielleicht ist der Onkel mein Vater!« Aber den hatte meine Mutter doch nicht ausstehen können! Ich konnte mir auch nicht vorstellen, wie er das gemacht haben sollte, er war ein schmächtiges Männchen und sie eine kräftige Frau. Beherzt teilte ich ihr meine Alpträume mit, aber da mußte sie nur lachen. Ich telefonierte mit dem Halbfranzosen in der Steiermark, aber der sagte nur, das ist doch gleich. Mir war das aber nicht gleich, ich wollte die Wahrheit wissen. Also beriet ich mich mit einem anderen Freund, und der meinte: »Und der zweite Onkel, kommt der nicht in Frage?« Mir fiel es wie Schuppen von den Augen. Aber natürlich! Außerdem hatte der eine ähnliche Haarfarbe wie ich. Und das wichtigste: er hatte meine Mutter immer sichtlich verehrt, bis heute, er, mit über siebzig Jahren. Die zweite Variante meiner Vatersuche schien mir ganz passend zu sein, ich fand immer mehr Indizien. Vor allem schlug er sich mit einer ähnlichen Krankheit herum wie ich. Mein richtiger Vater durfte von diesen Nachforschungen allerdings nichts erfahren, das würde ihn sicher furchtbar kränken, und das wollte ich nicht. Ehrlich gesagt, hatte ich eigentlich nie ein besonderes Verhältnis zu diesem Onkel gehabt, ich mochte ihn gern, und ich hatte immer das Gefühl, er sehe mich mit Wohlgefallen. In der Pubertät, als ich mit Vorliebe bucklig herumschlich, sagte er immer: »Bauch hinein, Brust heraus!« zu mir. Seine Söhne hatten schwarze Haare, aber das waren ja jetzt meine Halbbrüder. Ich begann, Bilanz zu ziehen. Leute, die mich nicht kannten, hatten mich immer wieder gefragt, ob ich ein Einzelkind sei, obwohl ich sozusagen aus der Massenkinderhaltung stammte. Womöglich hatten sie recht. Meine Mutter war meine Mutter, das stand fest. Mein Vater war mein Onkel, mein Onkel war mein Vater. Mein Stiefbruder, der, den meine Mutter mit in die Ehe gebracht hatte, blieb mein Stiefbruder, da änderte sich nichts. Meine Schwester war meine Halbschwester, meine drei anderen Brüder meine Halbbrüder. Und meine drei Cousins waren ebenfalls meine Halbbrüder. Ich hatte tatsächlich keinen Ganzbruder und keine Ganzschwester! Sechs Halbbrüder, einen Stiefbruder und eine Halbschwester, eine stolze Bilanz.

Bei der Hochzeit eines meiner Halbbrüder – ein Bruderhalbbruder, kein Cousinhalbbruder – kam ich an den Tisch meines Onkel-Vaters zu sitzen. Er erzählte mir eine Mördergeschichte: Im Schweizer Fernsehen gebe es eine Serie, wo interessante Menschen ihre Lebensgeschichte erzählten. Kürzlich sei eine Bardame interviewt worden, deren Lebensgefährte als Mörder in einem Gefängnis sitze, noch zwei Jahre. Aber sie würde auf ihn warten, sagte er. Dann erzählte er mir, vor einiger Zeit sei in seinem Geschäft eingebrochen worden. Er habe den Einbrecher gestellt und niedergeschlagen, es sei ein Ungar gewesen. Dann habe er ihm auf ungarisch befohlen (er war im Krieg in Ungarn gewesen), zu warten, bis er die Polizei angerufen habe, und der Ungar sei so verdattert gewesen, daß er tatsächlich gewartet habe. Mein Vater hatte einmal erzählt, mein Onkel sei in den dreißiger Jahren zuerst für die Nazis gewesen, und es habe furchtbare Familienkräche gegeben, weil mein anderer Onkel ein Nazigegner war.

Irgendwie konnte ich mich mit der Idee meines Onkel-

Vaters nicht anfreunden. Am liebsten mochte ich meinen Vater-Vater, und ich hätte ihn auch gerne als Vater behalten.

Als ich meine Vaternachforschungen nicht mehr für mich behalten konnte, besuchte ich ein bekanntes Ehepaar, ungefähr im gleichen Alter, vielleicht etwas älter als ich, und wir redeten über Väter. Das große Problem unserer Zeit sei ja gerade der fehlende Vater, wurde mir klargemacht. Früher hatte ich immer geglaubt, ich hätte ein Mutterproblem, weil ich mit meiner Mutter sehr viel gestritten habe, aber gegen das Vaterproblem war das ein Honiglecken.

»Mein Vater hat mich überhaupt nie beachtet«, erzählte die Freundin. »Wenn wir am Tisch gesessen sind, haben mein Bruder und ich gesagt, Mama, frag den Papa das und das, wenn wir etwas von ihm wollten. Als er im Sterben lag, bin ich bei ihm gesessen. Er hat die Augen noch einmal aufgemacht und gesagt: ›Was machst denn du da? Wo ist die Mama?‹ – das war's dann schon.« Einmal habe er sie besucht, als sie schon verheiratet war und zwei Söhne hatte. Der Vater, der sonst immer so schweigsam war, sei hereingekommen, habe gesagt: »Die Kinder brauchen ein Gewehr«, und habe sich gleich an die Arbeit gemacht, aus Holz zwei Gewehre zu schnitzen. Wir hecheln die Familienverhältnisse noch etwas durch und kommen zu dem Ergebnis, daß die Freundin und ihr älterer Bruder eigentlich geistige Kinder des Großvaters sind, bei dem die Familie am Anfang auch gelebt hat. Der Vater war immer auf Außendienst. Das Bild des Großvaters, des Vaters der Mutter, hing im Wohnzimmer, unter einem Hirschgeweih. Bei dem Mann der Freundin ist die Lage etwas anders, da redeten die Eltern immer nur vom Beruf, die Mutter kann sich gar nicht mehr erinnern, wie ihr Sohn, der dritte oder vierte, als Kind war. Er glaubt, daß er ein Produkt von Außerirdischen ist. Dann erzähle ich meine Onkelgeschichte, und wir spielen die Konsequenzen durch. »Da kannst du ja reich werden«, sagt der Mann der Freundin. »Er muß Alimente zahlen. Wenn du studiert hast, bis dreiundzwanzig, da kommst du locker auf eine halbe Million.«

Das innere Radio spielt weiter: »Oh mein Papa war eine große Kü-hün-stläär, oh mein Papa war eine schöne Mann.« Auf einem Foto aus den späten dreißiger Jahren sieht er aus wie Al Capone, mit Staubmantel und Schlapphut, größer als die anderen. Er hat ein sympathisches Lachen, wirklich, ein schöner Mann. Die Haare nach hinten gekämmt. Dann ein Foto mit Schneebrille in den Bergen. Wenn wir über den Arlberg fuhren, schauten wir auf der Tiroler Seite immer nach hinten, um den Patteriol zu sehen, den er schon bestiegen hatte. Meine Mutter war ebenfalls eine kühne Bergsteigerin gewesen, als sie noch ledig war. Sie wählte am liebsten die Direttissima, kerzengerade nach oben, zum Beispiel bei einer Besteigung des Kirchdachls im Stubai. Mein Vater ist da umgekehrt. Später, als sie uns Kinder bekam, hat sich das dann gelegt, da war sie plötzlich schwindlig, nicht einmal auf das Ulmer Münster konnte man sie mehr hinaufschleppen.

Von unserem Vater lernten wir eine ganze Reihe von besonderen Vergnügungen: Wir traten barfuß in frische Kuhfladen und ließen den feuchten, warmen Kuhdreck durch die Zehen gatschen. »Kuhfladia alpina, die stengellose Blume«, nannte er die Kuhfladen. Manchmal schnitzte er uns Pfeifen aus Holunder. Außerdem konnte er mit den Ohren wackeln und sonst noch mehrere Zauberkunststücke. Es gab auch zwei Privatmärchen, die nur in unserer Familie existierten und die er uns oft erzählte. Eines war die Geschichte vom Löwen Markus, der mit seinem Schwanz Fische fangen konnte, und dem Einsiedler, das andere eine Geschichte mit einem Zauberer namens Schubu oder so ähnlich, die von einer ledigen Großtante, der Tante Mari, stammten. Sie brach sich mit siebzig den Oberschenkel, und wir besuchten sie im Spital. Ich war so klein, daß ich nur bis unters Bett sah, und dort stand auf einem Gestell eine Schüssel voll Blut.

Mein Vater kam 1938 zum Studium nach Innsbruck und mußte vor Beginn »Nazi-Exerzitien«, wie er es nannte, durchmachen, auf der Hungerburg. Es war gerade zum Zeitpunkt der sogenannten »Reichskristallnacht«. Bei seiner Rückkehr habe er von den Zimmervermietern erfahren, wie man mit den Nachbarn von gegenüber, jüdischen Kaufhausbesitzern, verfahren sei und daß man ein jüdisches Ehepaar in die Sill geworfen habe. Damals seien ihm die Augen aufgegangen, und er habe einen ganz entsetzten Brief nach Hause geschrieben, der leider nicht erhalten ist. Wahrscheinlich hätte er ihn mir gerne als Beweis gezeigt, weil ich ihm immer sehr inquisitorisch auf den Leib gerückt bin. Im Krieg war er bei der Sanität in Kreta und bekam Typhus. Im Lazarett ist einer gestorben, der auch Typhus hatte, weil er Heidelbeerkompott gegessen hat. Einmal mußte mein Vater bei einer Erschießung als Unteroffizier von der Sanität einen Soldaten untersuchen, ob er schon tot war. Diese Dinge erzählte er ab und zu, obwohl er sonst nie vom Krieg sprach. Er holte dann das braune Köfferchen aus dem Abstellraum, das versperrt war und das wir nie angreifen durften. In diesem Köfferchen waren Erinnerungen an früher, eine Zigarettenspitze aus Bernstein, die ihm eine Verehrerin geschenkt hatte, Zeitungsausschnitte aus dem Krieg, Gedichte, die er damals geschrieben hatte. Eines hieß »Sudabucht«.

Die besondere Spezialität meines Vaters waren seine Sprüche, zum Beispiel »Quod licet Iovi, non licet bovi.«, »Was dem Jupiter erlaubt ist, ist dem Rindvieh noch lange nicht erlaubt«, wenn er etwas tat, was wir nicht tun durften. Ich als bovi sehnte mich danach, endlich ein Iovi zu werden. Dann gab es noch »Suchet und ihr werdet finden« und »Gott schenkt die Nüsse, aber er knackt sie nicht«. Kürzlich brachte er mir ein paar Nüsse von unserem Nußbaum, zum ersten Mal in meinem Leben bereits von ihm aufgeknackt.

So zwischen zehn und achtzehn Jahren wird die Erinnerung an meinen Vater viel blasser als in der Kindheit, und dann ging ich sowieso von zu Hause weg und sah ihn fast nur mehr in den Ferien. Nach meiner Mandeloperation war er der erste, der mich im Spital besuchte, mir selbstgebackenes Brot mitbrachte und sagte: »Du arme Haut.«

Als ich zehn Jahre alt war, hat mir mein Vater mit der Papierschere den Zopf abgeschnitten. Damals wurde meine Mutter noch einmal schwanger, ein Nachzügler. Sie hatte mir bis dahin immer die Zöpfe gemacht, und nun war ihr in der Früh schlecht, und sie konnte nicht mehr. Ich wollte meine Zöpfe behalten, denn ich hing sehr an meinen langen Haaren. Aber mein Vater machte »kurzen Prozeß«, wie er sich ausdrückte – ein anderer Lieblingsausdruck war »Gnade vor Recht ergehen lassen« –, setzte mich auf einen Stuhl und – ratsch, weg war der Zopf. Damals trug ich gerade einen einzigen Zopf im Nacken. Mit den kurzen Haaren war ich todunglücklich, obwohl alle sagten, sie würden mir viel besser stehen. Im Märchen von Allerleirauh ist es so, daß die Königin stirbt und der König bei ihrem Tod schwört, nur wieder eine Frau zu heiraten, die genau so schöne Haare hat wie seine Gattin. Als die Tochter heranwächst, erkennt er, daß nur sie solche Haare hat. Allerleirauh nimmt einige Geschenke und einen Mantel, der aus allen Pelzsorten der Tiere des Landes gemacht ist, und ergreift die Flucht. Aber auch an ihrem neuen Zufluchtsort ereilt sie ihr Schicksal, denn der Königssohn verliebt sich in sie, und schließlich wird sie seine Frau.

Angenommen, meine kühnsten Theorien stimmen: mein Onkel ist mein Vater, mein Vater ist mein Nährvater wie der heilige Joseph (er hat uns als Kindern auch immer das Essen vorgekaut und dann eingegeben, ich kann mich noch gut erinnern, wie er es bei meinem kleinen Bruder gemacht hat, und die Vögel, die er aufgezogen hat, hat er auch geatzt, zerquetschten Eidotter und Topfen auf einen Zahnstocher und das Ganze in die aufgesperrten Schnäbel gestopft). Also angenommen, mein Vater ist mein Nährvater und mein richtiger Vater ist mein Onkel, was dann? – Ich sehe in riesigen, feurigen Lettern am Himmel die Worte auflodern: »Ich habe gesündigt in Gedanken, Worten und Werken«. Und, da hilft alles nichts, ich bin nun einmal katholisch aufgewachsen. Also sündige nun auch ich in Gedanken und male mir eine Liebesszene mit meinem Vater aus, die Frage ist nur, mit welchem. Mit meinem Onkel geht es beim besten Willen nicht. Ich sehe ihn nur freundlich lächelnd vor mir, aber sonst tut sich nichts. Vielleicht wirkt hier das Tabu, und das wäre ein weiterer Vaterbeweis. Der »Stimme-des-Blutes-Vaterbeweis« sozusagen. Wenn du dir einen Mann absolut nicht im Bett vorstellen kannst, dann ist er dein Vater. Außerdem habe ich noch ein anderes Experiment angestellt. Der Freund einer Freundin rief mich kürzlich an, und wir gingen zusammen Mittag essen. Vor Jahren betrieben wir an Silvester allerhand Allotria, unter anderem auch Tarotkartenlegen oder I Ging, das weiß ich nicht mehr genau. Jedenfalls kam dabei heraus, daß er, nennen wir ihn Johann, in der kommenden Zeit mein geistiger Lehrmeister, sagen wir: mein geistiger Vater sein sollte. Dieser geistige Vater rief mich also vor kurzem an, und ich dachte, das muß ein Wink des Himmels sein, damit ich endlich dem Geheimnis meiner Herkunft auf die Spur komme. Wir essen also zu Mittag, vorher habe ich ihn in seinem Büro besucht, das in einem ehemaligen Gefängnis untergebracht ist. Ich schildere ihm die Problemlage. »Johann, du bist mein Wahlvater«, teile ich ihm mit und greife nach seiner Hand, er nach meiner. Sie fühlt sich beruhigend fest an, aber ich beginne gleich dagegenzudrücken wie beim Fingerhakeln, einem bayerischen Kraftsport. Wir beschließen, uns demnächst im Wald zum Raufen zu treffen.

Dieses Treffen fand jedoch nicht statt, und das kam so. Am Freitag vor diesem geplanten Montagtreffen begegnet mir bei einer Ausstellungseröffnung eine bekannte Malerin. Sie trägt einen tatsächlich malerischen gelben Hut mit breiter Krempe, Rock und Wams und ein Häkelhandtäschchen, sehr dekorativ. Das Herz schlägt mir gleich höher, als ich sie sehe. Ein alter Dichter, der dieser Eröffnung ebenfalls beiwohnt, meint: »Wie bei den Pradler Ritterspielen. Das hat sie von ihrem Vater.« Ich frage, wieso von ihrem Vater. Er antwortet: »Das Überschwengliche, das slawische Element. Der Vater war Irrenarzt.« Die Malerin erzählt mir, sie bade jeden Tag im Bodensee, auch im Herbst, wenn es kalt ist. Am nächsten Morgen wärme ich meinen Bademantel im Backrohr auf zweihundert Grad vor, verpacke ihn in einen Nylonsack und gehe zum See. Es ist zwar kalt, aber sehr erfrischend. Am Abend bricht der Schnupfen aus, am nächsten Tag habe ich eine Erkältung. Das Treffen mit dem Wahlvater findet nicht statt, statt dessen schwitze ich im Bett und trinke Tee mit Sanddornsaft, wegen des Vitamin C. Später erfahre ich, daß auch er verreisen mußte. Es hat nicht sollen sein.

»Dein ist mein ganzes Herz«, spielt das innere Radio aus dem »Land des Lächelns«, aber die beiden bekommen sich natürlich nicht. »Das Herz gehört dem Vater«, sagte mir einmal ein deutscher Universitätsprofessor, der es wissen mußte. Ich habe diesen Satz nie verstanden, aber wahrscheinlich stimmt er. Zu mir hat mein Vater einmal gesagt, ich käme ihm vor wie der Andreas Hofer, Untergehen mit fliegenden Fahnen. Aber da kennt er mich natürlich schlecht. Erstens ist der Andreas Hofer nicht mit fliegenden Fahnen untergegangen. Gekämpft gegen die Franzosen hat bekanntlich viel eher der Speckbacher, während der Andreas Hofer im Gasthaus Schupfen am Berg Isel hinter der Front gesessen ist und gezittert hat. Die tiefausgeschnittenen Dekolletés der Damen verbieten, das konnte er, aber so richtig kämpfen, das war seine Stärke nicht. Mein Vater kennt also außerdem auch den Andreas Hofer schlecht, aber schließlich ist er auch kein Tiroler. Meine Andreas-Hofer-Parallele besteht höchstens darin, daß mir in Momenten abgrundtiefster Trauer oft das Lied durch den Kopf geht: »Ach Himml, es ist verspielt, kann nicht mehr länger leben, der Tod steht vor der Tür, will mir den Abschied geben.« Besonders rührend ist die Melodie am Schluß, wo es heißt: »Ich bin verlassen ganz von meinem Kaiser Franz«, zweimal gesungen. »Ob Gott existiert, weiß ich nicht, aber es wäre schön, denn der Oide is leiwand«, habe ich irgendwo gelesen.

»Meine Familie bringt mich um, wenn ich das vorlese«, sage ich dem Analytiker, der einen Leseabend mit »Briefen an den Vater« organisiert hat. »Meine Eltern können sich zwar nicht im Grab umdrehen, weil sie noch leben, aber sie werden in ihren Betten rotieren.« »Das tut ihnen nur gut«, sagt der Analytiker, Schule Lacan – das sind die, die nur fünfzehnminütige Kurzanalysen machen, da verdient man schneller mehr, und die behaupten: »La femme n'existe pas.« Ich existiere, und der Analytiker zählt auf mich, für den Leseabend. Allerdings, wenn ich enterbt werde, werde ich mir nie eine Analyse leisten können.

»Und da hing ich und war's mir mit Grausen bewußt, von der menschlichen Hülfe so weit, unter Larven die einzige fühlende Brust, allein in der gräßlichen Einsamkeit.« So der Knappe in Schillers *Taucher*. Unter Larven die einzige fühlende Brust ...

Der Vater, der König, will ihn dann noch einmal in die Meerestiefen springen lassen, worauf er prompt ertrinkt. Da hilft es nichts, daß die Tochter fleht: »Laßt, Vater, genug sein das grausame Spiel!« Bei seiner ersten Tauchaktion klammert sich der Knappe zuerst an eine Koralle, als ein »Ungeheuer der traurigen Öde« naht, aber dann läßt er los: »Gleich faßt mich der Strudel mit rasendem Toben, doch es war mir zum Heil, er riß mich nach oben.«

Im Wartezimmer des Arztes lese ich eine Illustrierte: »Die schönsten Paare: Väter und Töchter. Väter – sie bleiben Helden für immer. Töchter – sie bleiben Papas braves Mädchen, auch wenn sie 25 sind. Väter und Töchter sind die einzigen

Paare, die sich nie wirklich trennen. Report über eine romantische Treue.«

Heute ist mein Vater, der wirkliche, ein alter Mann. Er führt den Dackel spazieren, seinen »Ziehsohn«, spielt mit seinen Enkelkindern und ist meistens gut aufgelegt. Nur wenn er krank ist, liegt er still am Kanapee und sagt kein Wort. Vielleicht fürchtet er sich vor dem Tod. Meine Oma hat jeden Abend im Anschluß an ihr halbstündiges Nachtgebet um eine glückselige Sterbestunde gebetet und sie auch erhalten. Sie ist mit dreiundachtzig Jahren eingeschlafen und nicht mehr aufgewacht. Als ich ein Kind war, hat mir mein Vater ein Teufelskostüm geschenkt, aus schwarzem Plüsch, wie ein Overall, mit echtem Lammfellkragen und hinten einem langen Schwanz, dazu ein ausgezackter Mantel aus rotem Filz und eine schwarze Kappe mit roten Hörnern. Allerdings durfte ich im Kindergarten auch die heilige Maria im Krippenspiel spielen. Damals ließ mir meine Mutter beim Friseur über Mittag mit der Brennschere Locken machen, eine Qual, dann kamen wir in den Kindergarten, und die Schwester Maxentia, eine große und dicke Tirolerin mit typischem Klosterschwesterngeruch, schlug entsetzt die Hände über dem Kopf zusammen. Dann machten sie mir die Haare naß und zogen sie wieder gerade, so gut es eben ging, und dann erst durfte ich die heilige Maria spielen. Der heilige Josef war mein Kindergartenfreund und präsumptiver Bräutigam Karli, dessen Schwester Lucia meinem älteren Bruder versprochen war. Neben Karli hatte ich allerdings noch einen Dauerverehrer, der aus Wien kam, schon mit fünf schwimmen und Klavier spielen konnte und der mir einmal ein Bügeleisen zum Geburtstag schenkte, das ich heute noch besitze, ein Kinderbügeleisen.

104

Vor einigen Tagen habe ich meinen Onkel besucht. Er erkundigte sich nach meiner Gesundheit und gab mir Ratschläge fürs Frühstück. »Du mußt jeden Bissen gut kauen, mindestens dreißig Mal, bevor du ihn hinunterschluckst. Und außerdem solltest du keinen Bohnenkaffee trinken, Malzkaffee ist viel besser. Ich mache es auch immer so. Und nimm dir Zeit.«

Ich schlage Dudens Herkunftswörterbuch beim Artikel »Vatermörder« auf: »*Vatermörder*: umgangssprachlich für ›hoher, steifer Stehkragen‹, 19. Jh.; wohl volksetymologische Umdeutung von frz. parasite ›Mitesser‹ (an den langen, nach oben gerichteten Ecken blieben leicht Speisereste hängen) zu parricide ›Vatermörder‹, ein Wort also, das einem Mißverständnis seine Existenz verdankt.«

Frankfurt, Frankfurt am Main

Im Frankfurter Zoo gibt es ein Nachthaus, in dem man Tiere beobachten kann, die am Tage schlafen. Trittst du in dieses Haus ein, wird das Licht nach und nach dunkler. Hat sich die Pupille adaptiert, erkennst du hinter den Scheiben Mäuse, die unentwegt in ihrem Bau drei Stockwerke unter der Erdoberfläche vor sich hin scharren, Wüstenfüchse, die durch eine Landschaft mit gemaltem Prospekt im Hintergrund streifen, Fledermäuse, die durch das Halbdunkel schwirren. Beim Verlassen blinzelst du kurz, dann gewöhnst du dich wieder an das kalte Licht des Herbstnachmittags.

Anschließend besuchten die beiden ein thailändisches Restaurant. Sie bestellte Suppe mit Kokosmilch, er scharfe Spieße. Ihr Tisch stand direkt an einem großen Aquarium, in dem ein gestreifter Fisch ständig hin und her schwamm und ab und zu Brocken aufschnappte, die automatisch oben ins Wasser geworfen wurden. Ein Kind vom Nebentisch stellte sich vor das Aquarium. Es wartete auf den zweiten Fisch, der sich immer hinter den Korallenfelsen versteckte. Der zweite Fisch zeigte sich nicht.

Sie trennten sich in der U-Bahn. Er fuhr nach Nordwesten, sie zum Schweizer Platz. In einem Museum lüfteten zwei Krimiautoren das Geheimnis ihres Buches. Es gab eine rote Flüssigkeit zu trinken, die aussah wie Campari. Es war aber kein Campari, sondern »Äppelwoisangria«. Auf einem Tisch türmten sich die Bücher der Autoren, doch sie wagte nicht zuzugreifen, da sie kein speziell eingeladener Gast war und glaubte, die Bücher seien nur für besondere Gäste. Als der offizielle Teil der Veranstaltung vorbei war, strömten die Zuschauer aus dem Raum mit den absteigenden Stufen, in dem die Autoren ihr Interview gegeben hatten, und bedienten sich am Büchertisch. Bis sie ihn wieder erreichte, war er bereits leer.

Sie stieg die Stufen in den Raum hinunter, wo die beiden Bücher signierten, solche vom Tisch und gebrauchte, die die Zuschauer selbst mitgebracht hatten. Jeder der beiden hatte einen schönen Tintenfüllfederhalter. Sie hielt sich etwas in der Nähe des Tisches auf und schaute zu. Vielleicht würde etwas von der Aura der beiden auf sie übergehen. Vielleicht würde sie auch einmal eine berühmte Krimiautorin werden und Bücher signieren. Vor ihr auf dem Signiertisch stand in einem tabernakelähnlichen Pappendeckelschrein etwas, das wie eine Attrappe des Buches aussah, dessen Geheimnis soeben gelüftet worden war. Sie griff danach, und es war echt. Die beiden Autoren signierten ihr Exemplar, jeder mit seiner eigenen Füllfeder.

Sie verließ das Museum und ging zu Fuß über die Mainbrücke. Am anderen Ufer bog sie nach rechts ab und stand schließlich auf dem Platz vor dem Römer. Im Freien waren Bänke aufgestellt, auf denen Menschen saßen, die auf einem Fernsehschirm einem Autor beim Lesen zusahen, dessen Stimme gleichzeitig aus den geöffneten Türen des Römers drang. Sie setzte sich zwischen einen etwas verlotterten Mann, der seine Habe im Plastiksack bei sich trug, und eine jüngere Frau. Nach dem Autor spielte eine Band Musik, die man früher als »Negermusik« bezeichnet hatte, dann trat eine

Frau mit gescheitelter Frisur und weißem Krägelchen auf, die ein böses Buch über einen Mann geschrieben hatte. Sie verließ ihren Platz auf der Holzbank, gefolgt von ihrer Nachbarin, die ebenfalls die U-Bahn nahm. Die Lieblingslektüre dieser Banknachbarin war ein Buch, in dem der Kopf eines Barockmusikers eine wichtige Rolle spielte. Sie stieg im Westend aus und ging in eine Villa aus der Gründerzeit, die sich ein Korvettenkapitän und seine Frau erbaut hatten. Jetzt dröhnte laute Musik aus den Räumen, vorwiegend schwarzgekleidete Gestalten tanzten im Wintergarten. Die Verlagspräsentation war bereits vorüber, niemand kümmerte sich mehr um keinen Ort, nirgends.

Sie bekam Sehnsucht nach Hause und ging ins Lokal gegenüber, um ein Taxi zu rufen. Der Taxifahrer erzählte ihr, daß er keine Bücher lese, nur die Besprechungen in den Zeitungen, das genüge ihm. Zu Hause lag ein Zettel auf dem Boden. Er war bereits schlafen gegangen. Sie ging in ihr Zimmer, versuchte im Bad keinen unnötigen Lärm zu machen. Am nächsten Morgen hatte er bereits Kaffee gekocht, es gab sogar Schinken und ein weiches Ei.

Nach dem Frühstück trennten sie sich wieder, sie fuhr nach Darmstadt. Dort besuchte sie einen alten Fotografen, der zehn Jahre seines Lebens in Brasilien verbracht hatte. An dem Haus, in dem er wohnte, hing ein Schild: »Peter Stehli, Herbert Würger, Rechtsanwälte«. Der Fotograf zeigte ihr einen Brief, den ein alter Mann aus London an die Mutter des Fotografen, eine Dichterin, geschrieben hatte. Er hatte die Mutter gemeinsam mit seinem Bruder 1920 in München bei einem Atelierfest kennengelernt. Er studierte Wirtschaft, sein Bruder Romanistik. Er hatte mit der Dichterin getanzt und sie gefragt: »Was machst du eigentlich?« Sie hatte geantwortet: »Ich bin eine Dichterin. Und du?« Darauf hatte er gesagt: »Ich bin auch ein Dichter.« Sie fragte ihn: »Wo veröffentlichst du? Von mir ist soeben ein Gedichtband erschienen.« Darauf hatte er nur geschwiegen. Er war einige Jahre später mit seinem Bruder an die Universität Heidelberg übergewechselt und dann nach Berlin übersiedelt. Auch die Dichterin lebte in den zwanziger Jahren in Berlin, die beiden sind sich aber nie begegnet. Der Bruder wurde Professor in Israel, er ging nach London, die Dichterin nach Brasilien. Fünfundvierzig Jahre nach ihrem ersten Zusammentreffen bekam er zufällig eines von ihren Büchern in die Hand und schrieb ihr diesen Brief. Später schickte er ihr warme Wolldecken, weil sie in Deutschland immer fror.

Der Fotograf begleitete sie in die Bierkneipe im Erdgeschoß seines Wohnhauses. Er wechselte mit der Kellnerin, die lange schwarze Haare hatte, einige Worte auf Portugiesisch.

Dann fuhr er sie zum Bahnhof und schenkte ihr zum Abschied den Brief. Sie nahm einen Zug nach Frankfurt. In der Bahnhofshalle, am oberen Ende einer Rolltreppe, lag eine junge Frau am Boden. Mit dem rechten Arm versuchte sie, das Geländer zu erreichen. Der Arm glitt immer wieder ab.

Sie wollte in den Schacht zur U-Bahn hinunterfahren, doch dann machte sie kehrt und fragte die junge Frau, ob sie ihr helfen könne. Sie erhielt keine Antwort und sah sich nach einer Sanitätsstation um. Eine ältere Frau wies ihr den Weg zu zwei Polizisten, die am anderen Ende der Halle standen. Auf dem Boden lag ein dunkelhaariges Mädchen. Die Polizisten versprachen zu kommen, wenn sie mit ihrem Fall fertig

110

wären. Sie ging zur Rolltreppe zurück, die junge Frau lag noch immer da. Ein Engländer, die *Herald Tribune* unter dem Arm, blieb stehen und fragte: »Is she well?« Dann ging er weiter. Sie fragte die junge Frau noch einmal, ob sie etwas brauche. Dann kamen die Polizisten, einer stieß die junge Frau mit dem Gummiknüppel an der Schulter an und sagte: »Steh auf.« Die junge Frau rührte sich nicht. Der Polizist versprach, einen Arzt vorbeizuschicken. Sie beugte sich noch einmal zu der jungen Frau hinunter und fragte: »Brauchen Sie etwas?«

»Hunger.«

»Was möchten Sie?«

Die junge Frau stieß ein Wort hervor, das wie »Amerikaner« klang. Sie kannte keine »Amerikaner« und ging zu einem Obststand, um zwei Bananen zu kaufen. Als sie zurückkehrte, kniete ein junger Mann mit eingeschlagener und zugeklebter Nase auf dem Boden. Sie schälte eine Banane und gab sie der jungen Frau, die ihre Hand ergriff und kurz festhielt. Dann biß sie in die Banane. Sie gab die zweite Banane dem jungen Mann, der versprach, zu bleiben, bis der Arzt käme.

Sie fuhr mit der U-Bahn weiter und stieg irgendwo aus. Am Straßenrand befand sich eine Haltestelle für den Bus in Richtung Palmengarten. Sie lief zur Haltestelle, der Bus fuhr vor ihrer Nase ab. Zwei alte Damen, die ebenfalls eine Minute zu spät gekommen waren, schimpften vor sich hin. Ein Rettungswagen fuhr mit Blaulicht Richtung Bahnhof. Im nächsten Bus war sie bald der einzige Fahrgast. Im Palmengarten ging sie an den Rosenbeeten vorbei zu den Glashäusern. Sie streifte durch Trockenwüste und Savanne, die feuchten Tropen waren bereits geschlossen. Zwei Männer in schwarzen Lederjacken hatten eine Unterredung am Fuße einer riesigen Kakteengruppe. In einer eigens beschrifteten kalkigen Kümmerwiese kämpften verschiedene spärliche Grassorten ums Überleben.

In einem Café in der Nähe ließ sie sich an dem einzigen freien Tisch nieder. Von der Wand blickte Theodor W. Adorno, über ihm hing ein getrockneter Rosenstrauß. Ein älterer Mann, der an der Theke gestanden hatte, setzte sich zu ihr. Sie kamen ins Gespräch, für ihn war es das erste Mal, daß er eine fremde Frau einfach ansprach.

An diesem Abend fuhr sie früh nach Hause. Er saß bereits vor einem Glas Wein und wartete auf sie. Sie redeten lange, dann nahm er sie plötzlich in die Arme und drückte ihren Kopf fest an sich. Sie ging in ihr Bett, er kam zu ihr. Sein Pyjama hatte eine angenehm rauhe Frotteestruktur. Er verließ sie, wie er gekommen war, im Pyjama, und legte sich in seinem original japanischen Futon schlafen. Am nächsten Tag sahen sie sich die Verleihung des Friedenspreises im Fernsehen an.

Sie fuhr wieder zur Villa des Korvettenkapitäns, wo ein Professor und seine Frau katalanische Literatur vorstellten. Der Professor hatte seine eigene Festschrift mitgebracht, deren Umschlag in den katalanischen Landesfarben, rot und gelb, gehalten war. Die Frau trug Liebeslieder zur Gitarre vor. Sie sah aus wie eine Südländerin, stammte aber aus Hessen. Schon bei ihrer Geburt hatte die Hebamme gesagt: »Das Kind ist aber dunkel.«

Sie verließ die Villa und fuhr ein Stück mit der U-Bahn. In der Station waren die ehemalige Synagoge und mehrere Kirchen abgebildet, die sich in diesem Viertel befanden. Auf dem Bahnsteig warteten vier türkische Männer verschiedener Altersstufen. Sie ging zu Fuß weiter, verirrte sich einmal, fragte einen jungen Türken nach dem Weg und landete schließlich bei einem Café, in dem ein Buch mit den Taten des Baalschem von Michelstadt, eines Wunderrabbi, vorgestellt werden sollte. Sie hatte vor Jahren bei einem Ausflug nach Michelstadt das Grab des Baalschem besucht, und, da sie keinen Stein aus ihrer Heimat zur Hand hatte, einen silbernen Ring aus Mexiko auf seinem Grabstein niedergelegt. Der Ring war bei einem späteren Besuch verschwunden gewesen. Die Vorstellung des Buches fand nicht statt, weil gleichzeitig eine Gruppe Jazzmusiker spielte und das Buch nicht fertiggeworden war. Sie hatte bei ihrem Besuch in Michelstadt im Gasthof »Zum Wilden Mann« neben dem Haus des Rabbi gewohnt. Der Verleger erzählte ihr, er sei an einem Sommertag ebenfalls zum Grab des Isaac Löw Wormser gepilgert, auf den Friedhof, der gegenüber dem Schwimmbad liegt. Vom Friedhof sei ihm eine Gruppe schwarz gekleideter Männer mit langen Bärten und Hüten entgegengekommen, in die andere Richtung habe sich ein Trupp Jugendlicher in Bikini und Badehose auf dem Weg ins Schwimmbad befunden. Vom Friedhof seien schon einige Grabsteine gestohlen worden, sie würden aber nicht zerstört, sondern in die Terrassenmauern eingebaut, da die fremdländischen Schriftzüge so schick wirkten. In Michelstadt war der ehemalige SS-Mann nach dem Krieg noch lange hoher Gemeindefunktionär gewesen. Jetzt käme er oft in Veranstaltungen über die ehemalige jüdische Gemeinde, halte sich still im Hintergrund. Der evangelische Pfarrer meine, man müsse ihm Gelegenheit zur inneren Umkehr geben. Isaac Löw Wormser, der Wunderrabbi, hatte eine Birnensorte gezüchtet, die in Michelstadt und Umgebung nicht mehr anzutreffen ist. Auswanderer nach Amerika hätten Reiser dieses Birnbaums mitgenommen, der jetzt in Kalifornien Früchte mit der Bezeichnung »Wormser Pear« liefere. Der Verleger bemühte sich, die Birne in Deutschland wieder heimisch zu machen.

Sie schlenderte noch etwas in dem Viertel um den Kirchplatz herum, dann fuhr sie mit der U-Bahn nach Hause. Auch in dieser Nacht brachte er sie wieder zu Bett, ohne seinen Pyjama abzulegen. Vor dem Einschlafen spürte sie seine langen warmen Füße an den ihren.

Am nächsten Tag packte sie ihren Koffer. Sie hängte das Handtuch im Bad genau an der selben Stelle auf wie immer. Er fuhr sie zur nächsten U-Bahnstation und verabschiedete sich mit einem flüchtigen Kuß. Erst als er schon fort war, bemerkte sie, daß sie vergessen hatte, ihm seine Wohnungsschlüssel zurückzugeben. Sie ging auf die Buchmesse, ließ ab und zu einen Prospekt mitgehen, bekam eine Broschüre geschenkt: *Heiratswünsche in der Frankfurter Allgemeinen Zeitung*. Vor dem Stand eines Kleinverlages begegnete sie dem, auf den sie gewartet hatte.

Die wahre Kunst

»Am Morgen war der Himmel noch hell und klar. Über den Bergen im Süden die langgezogenen, weißen Wolken und dahinter zartes, sich nach oben hin vertiefendes Blau.«

Am Mittag hatte es sich der Maler anders überlegt. Die sanfte Frühlingsstimmung hatte er in eine unheilschwangere Gewitterstimmung umgemalt: ein orange-giftgrüner Himmel, schwarze Wolken, die sich hinter den Bergen zu Ballen formten, erste Blitze, die durch eine dunkle Ecke zuckten.

Am Abend hatte er das ganze Bild schwarz übermalt und stellte es in eine Ecke. Er war doch kein Landschaftsmaler.

Am nächsten Tag sah seine Frau das Bild und putzte die übermalten Schichten wieder weg. Das klare Blau des Morgens kam wieder zum Vorschein, die langgezogenen Wolken, der zarte, tiefe Himmel. Durch die Übermalungen war das Klare gebrochen und leuchtete an den reinen Stellen dafür umso heller.

Das ist wahre Kunst, sagte der Maler, als er es nach dem Frühstück wiedersah.

Die Frau stellte das Bild ins Schaufenster. Da kam ein Käufer vorbei und sagte: Das ist die Ware Kunst.

Der Maler aber ging in sein Zimmer und weinte.

Die goldenen Schuhe

Eine literarische Karriere

Kurz vor ihrem Tode machte Ingeborg Bachmann eine Lesereise durch Polen. Auf dem Flughafen in Warschau mußte sie ein Protokoll aufnehmen lassen, weil ihr Gepäck statt nach Warschau nach Moskau geflogen war. Als sie angab, in dem vermißten Koffer hätte sich auch ein Paar goldfarbene Schuhe befunden, sprang der protokollführende Beamte auf und küßte ihr die Hände, weil in Polen nur die Heiligenfiguren goldene Schuhe tragen.

Der Koffer kam nie mehr zum Vorschein. Er fiel einem Herrn Karol Kowalski in die Hände, Angestellter im Flughafen von Moskau, der in der Sowjetunion im Exil lebte. Kowalski schenkte die Schuhe seiner Freundin Irina.

Irina stellte die Schuhe in den Schrank, sie hatte keine Verwendung dafür. Zwanzig Jahre später nahm ihre Tochter Katja an der Wahl zur »Miss Beine« in Moskau teil, die von einer großen Zeitung veranstaltet wurde. Katja gewann die Wahl in den goldenen Schuhen.

Karol Kowalski und Irina beteiligten sich am gleichzeitig stattfindenden Wettbewerb: »Das glücklichste Ehepaar Moskaus.« Sie mußten das Lieblingsgedicht des Partners auswendig aufsagen, sein Ferientraumziel nennen und in der Teildisziplin »Das unsichtbare Band der Liebe« den oder die Liebste unter einem Tuch verdeckt aus drei Personen heraus erkennen. Karol und Irina gewannen und erhielten als Preis einen Strauß Rosen, eine Flasche Schampanskoje und eine Küchenmaschine.

Die Redakteurin der Zeitung, die den Wettbewerb organisiert hatte, rief drei Tage später bei Irina an. Am Telefon meldete sich der Gatte. Es war nicht Karol. Die Zeitung verschwieg den Skandal.

Kurz darauf wurden Katja die goldenen Schuhe gestohlen. Nach längeren Nachforschungen stellte sich heraus, daß der Dieb der Chefredakteur des Blattes war, der sich in Katja verliebt hatte. Er war Schuhfetischist und trank jeden Abend vor dem Einschlafen eine Pikkoloflasche Sekt aus den goldenen Schuhen. Er wurde dazu verurteilt, die Schuhe der Eigentümerin zurückzugeben und eine Geldstrafe zu bezahlen. Da er auf sein Laster nicht verzichten wollte, heiratete er Katja, die begann, Kurzgeschichten in seiner Zeitung zu veröffentlichen und so literarische Karriere machte.

Brutta

Am 7. Februar 1958 fand das Schulkind Brutta Strasser auf der Baustelle neben der Volksschule Bregenz-Augasse ein seltsam geformtes Plättchen mit Schriftzeichen. Brutta konnte die Schrift nicht entziffern und wollte das Plättchen niemandem zeigen. Sie versteckte es in der Schublade ihres Nachtkästchens und nahm es von Zeit zu Zeit heraus, um die Schrift zu betrachten. Später, als Brutta schon erwachsen war, trennte sie sich von den Insignien ihrer Kindheit, das Plättchen aber behielt sie als geheimen Schatz. Eines Tages entschloß sie sich, einen Anhänger daraus machen zu lassen, den sie fortan um den Hals trug.

Am 7. September 1991 wurden auf Bruttas Konto 100000 Schilling überwiesen. Sie hatte keine Ahnung, woher das Geld kommen könnte. Es war auf der Bankfiliale von einem bärtigen Ausländer mit schwer identifizierbarem Akzent eingezahlt worden. Der Herr hatte mit Dr. Ursus von Deutschficker unterschrieben. Brutta kannte einen Ludwig von Ficker, den Förderer Georg Trakls, aber der war schon lange tot. Sie unterbreitete die Angelegenheit ihrem Anwalt, der die Sache für unbedenklich erklärte. Brutta begann, eine Weltreise zu planen. Sie wollte die Chinesische Mauer sehen, bevor der Massentourismus zu unerträglich wurde. Eines Tages traf ein Schreiben bei ihrem Anwalt ein. Der Unterfertigte, wieder ein Dr. Ursus von Deutschficker, betonte, daß die

Schenkung unbedenklich sei. Er wolle Brutta aus einem Grund, der in seinen persönlichen Verhältnissen liege und die Öffentlichkeit nichts angehe, eine bestimmte Geldsumme zukommen lassen, die sich völlig legal in seinem Besitz befinde. Der Anwalt informierte Brutta von dem Schreiben. Brutta nahm es zur Kenntnis, beschloß jedoch, die Weltreise nicht anzutreten und der Sache auf den Grund zu gehen.

In der Ecke stand ein dunkler Schatten. Brutta war eben aufgewacht, schweißgebadet und mit heftig klopfendem Herzen. Sie starrte in die dunkle Zimmerecke. Der Schatten blieb, aber nichts bewegte sich. Schließlich schlief sie wieder ein. Am nächsten Abend hatte sie Angst vor dem Einschlafen. Sie wachte mehrmals auf, aber der Schatten kehrte nicht wieder. Ihr Appetit wurde schlechter, schließlich konnte sie fast nichts mehr essen. Wer nicht arbeitet, soll auch nicht essen.

Zwei Wochen später erhielt sie einen Brief von Dr. Ursus von Deutschficker, in dem dieser sie um eine Unterredung unter vier Augen bat. Er wolle sie zu einer bestimmten Stunde in einem Museum treffen, vor einem Bild, das von einem Niederländer gemalt war und ein üppiges Arrangement von Früchten zeigte. Brutta erbrach sich in die Klomuschel, dann machte sie sich zurecht, so gut es ging. Unter dem Bild stand ein kleiner Mann mit wirrem Bart und wirren Haaren. Er stellte sich als Dr. von Deutschficker vor und entschuldigte sich wegen seines Namens. Er habe ihn von seinen Vorfahren geerbt und könne die Familientradition nicht durch eine Umänderung beschmutzen. Brutta fragte, warum er ihr das Geld überwiesen hatte, aber von Deutschficker hüllte sich in Schweigen. »Sie können es ruhig annehmen, glauben Sie mir«, versicherte er. »Ich dachte schon, daß Sie Bedenken haben, aber ich trage damit nur eine alte Familienschuld ab.«

Brutta schrak aus einem wirren Traum hoch. Ihre Mutter war ihr erschienen, die gestorben war, als sie fünf Jahre alt war. Brutta hatte undeutliche Erinnerungen an dunkle, lockige Haare, sonst wußte sie nichts mehr. Sie schlief wieder ein, die Mutter kehrte wieder. Brutta träumte, sie sei als Kind aus dem Haus gegeben worden, zu Verwandten auf dem Land. Die Mutter bekam genug zu essen und mußte die Hühner füttern. Sonst ließ man sie in Ruhe. Als sie sieben Jahre alt war, zog sie der zwanzigjährige Sohn der Pflegemutter in die Scheune und verging sich an ihr. Sie konnte niemandem etwas davon erzählen, da niemand mit ihr sprach. In der Schule mußte sie ihre Aufgaben abliefern und gleich nach Hause zurück. Sie ging dem Pflegebruder aus dem Weg. Im Traum hatte die Mutter ein großes Vorhängeschloß vor dem Mund. Plötzlich schlugen aus der Mitte ihres Körpers Flammen, dort, wo sonst der Sod brennt. Brutta erwachte.

Ich hatte mir den Frühstückskaffee eingeschenkt und schlug die Samstagsausgabe der *Salzburger Nachrichten* auf. Im Feuilleton war ein Artikel über berühmte Künstler und ihre Krankheiten. Kafka war neurotisch, Lunge und Hirn verbündeten sich gegen ihn. Er starb mit vierzig Jahren. Renoir war im Alter schwer rheumatisch, seine Augen zeigten jedoch ein hoffnungsfrohes, optimistisches Glänzen. Er malte mit verbundenen Händen, damit ihm die Nägel nicht einwüchsen. Die einzelnen Künstler haben ihre körperlichen Leiden ganz unterschiedlich verarbeitet. Elizabeth Barrett-Browning hatte das Glück, einen Mann zu finden, der sie liebte. Die Tuberkulose kam bei ihr zum Stillstand, sie brach erst wieder aus, als sie 55 Jahre alt war. Sie schrieb: »Da stand plötzlich jemand hinter mir und riß/ aus diesem Weinen mich an meinem Haar. Und eine Stimme rief, die furchtbar war:/ ›Rate, wer hält dich so?‹ – ›Der Tod gewiß.‹ – ›Die Liebe‹ – klang es wieder, sanft und nah.«

Bruttas Magenschmerzen verstärkten sich. Sie träumte immer wirrer. Sie ging ins Thermalbad, weil sie wußte, daß das Wasser ihrem Magen schadete. Sie wollte krank sein. Wieder erschien ihr ihre Mutter, mit dem Vorhängeschloß vor dem Mund. Sie rang verzweifelt die Arme, aus der Mitte des Körpers schlugen heftige Flammen. Plötzlich fiel das Schloß ab. Die Mutter riß den Mund auf und schrie, aber Brutta verstand nichts. Sie erwachte mit nassem Gesicht, Tränen strömten über ihre Wangen.

Wieder eine Woche später lud Dr. Ursus von Deutschficker Brutta zu einem vornehmen Essen ein. Ihre Magenschmerzen hatten sich seit dem letzten Traum gebessert, sie kam wieder zu Appetit. Dr. von Deutschficker führte sie in ein Nobelrestaurant. Es gab Prosciutto di San Daniele, Felchenkaviar mit Crème fraîche, Saibling auf Pfifferlingsauce und Mandeleis mit Aprikosenschaum. Brutta aß von allem, es tat ihr gut. Dr. von Deutschficker wischte sich mit der Serviette den Mund ab und begann zu erzählen: »Sie müssen wissen, mein Vater ist vor einem halben Jahr gestorben. Er hat mir ein beträchtliches Erbe hinterlassen, allerdings mit der Auflage, nie meinen Namen abzulegen, auch durch Heirat nicht, wie es ja heute möglich wäre. Ich bin also gezeichnet bis an mein Lebensende. Er war der angenommene Sohn des letzten von

Deutschficker, eines aussterbenden Adelsgeschlechtes in Ti-
rol. In Wirklichkeit stammte er von einem Bauernhof. Kurz
vor seinem Tod hat er mich zu sich gebeten und mir ein Ver-
gehen bekannt, das er in seiner Jugend begangen hat. Er lebte
einsam auf einem Bauernhof, nur mit seiner alten Mutter, die
ein kleines Mädchen in Pflege hatte. An diesem Kind hat er
sich vergriffen. Es sei nur ein einziges Mal geschehen, er habe
auch keine Gewalt angewendet. Aber das Bewußtsein seines
Unrechts hat ihn nicht verlassen. Er forschte das weitere
Schicksal dieses Kindes aus, und auf dem Totenbett hat er mir
den späteren Familiennamen anvertraut. Das Mädchen hieß
Marie Mallaun und verehelichte sich mit einem Herrn Strasser. – So, jetzt wissen Sie, was mich zu Ihnen geführt hat.«

Ich schlug das Buch über triviale Erzählmuster zu und griff
nach einem Krimi. Reine Entspannung findet der Mensch nur
bei der Lektüre von Kochbüchern und Kriminalromanen.

Brutta kratzte sich am Hals. Das Plättchen scheuerte sie seit
neuestem, sie bekam ein Ekzem darunter. Sie nahm die Kette
ab und wischte daran herum, die Schrift kam zum Vorschein:
»Domitius Niger et Lollius Severus et Severus Nigri servus
adversarii Bruttae, et quisquis adversus illam locutus est:
omnes perdes ...« Brutta konnte kein Latein und legte die
Kette einstweilen beiseite. Das Ekzem verschwand. Sie
brachte die Kette zu einer der nächsten Besprechungen mit
Dr. Ursus von Deutschficker mit, der sie in die Hand nahm
und aufmerksam betrachtete. »Das ist ein römisches Verfluchungsplättchen«, stellte er fest. »Wurde in Gräber gelegt.
Die Götter der Unterwelt, vor allem der Vatergott, wurden an-

123

gerufen, die Feinde dieser Brutta, übrigens ein keltischer Name, zu vernichten.« Brutta nahm den Anhänger zurück. »Ich kann ihn nicht mehr tragen, ich bekomme ein Ekzem davon«, bekannte sie. »Dann lassen Sie Ihre Phantasie walten, und schreiben Sie einen Kriminalroman«, meinte Dr. von Deutschficker. »Falls Sie noch Feinde haben: Rache ist süß.«

Dr. Ursus von Deutschficker lud sie immer öfter zum Essen oder ins Theater ein, wodurch Brutta ihren Bildungshorizont erweiterte. Sie fuhren zu den Opernfestspielen in Verona und sahen den *Nabucco*. Bei »Va, pensiero, sull' ali dorate« litt Brutta mit den gefangenen Israeliten mit. Als sich der Dirigent umdrehte und das Publikum sich von den Sitzen erhob und den Gefangenenchor noch einmal intonierte, fühlte Brutta sich als Italienerin.

Ich schlug die Zeitschrift »Kult-ur-sprünge« auf und las einen Artikel über türkische Lebensmittelgeschäfte. »Wer das Angestammte, das Gewohnte, die Heimat verläßt, wird nirgends sich mehr zu Hause fühlen.«

Brutta fühlte sich in Italien zu Hause. Sie fuhr mit Dr. von Deutschficker durch Vicenza, Parma und Venedig. In Venedig wohnten sie im Hotel San Gallo hinter dem Markusplatz. Zum Frühstück gab es Madeleines und Milchkaffee. Brutta und Dr. von Deutschficker fuhren zur Friedhofsinsel San Michele, wo die Gräber in drei oder vier Stockwerken übereinander lagen und die Urnen in Schubladen geschoben wurden. Ein Einzelgrab zeigte als Grabstein eine riesige, scharfkantige Glasscherbe. Es war ein Kindergrab.

Nach ihrer Rückkehr legte Brutta den Anhänger wieder an.

124

Das Ekzem kehrte nicht wieder. Im Traum saß sie am Steuer eines altmodischen, schwarzen Autos und fuhr bei Dunkelheit eine kurvenreiche Strecke entlang. Am rechten Straßenrand ging eine schmale, graue Gestalt. Brutta fuhr sie nieder, sie konnte nicht mehr bremsen. Sie kam an einer Wäscheleine vorbei, an der leere, lange Baumwollstrümpfe im Winde flatterten. Die Magenschmerzen kehrten nicht wieder, das Ekzem blieb verschwunden.

Brutta tastete die 100 000 Schilling nicht an. Eines Tages erhielt sie einen Brief von Dr. von Deutschficker: »Bella mia fiamma, addio. Ein unbarmherziges Schicksal zwingt mich, von Dir Abschied zu nehmen. Wir können uns nicht mehr sehen. Ich werde Dich nie vergessen. Dein Ursus von Deutschficker.« Brutta legte den Brief seufzend in die Schachtel mit sentimentalen Andenken und ging zur Tagesordnung über.

Eine Zeitlang lebte sie mechanisch vor sich hin. Bella mia fiamma, addio. Meine schöne Flamme, leb wohl. Dann hielt sie es nicht mehr aus und fuhr nach Mecklenburg. Eines Abends kam ein Schäfer vorbei, vor dem sie die Dorfbewohner als Säufer gewarnt hatten. Er lieh sich ein Fahrrad bei ihr aus. Der Schäfer gelangte nie nach Hause. Zwei Tage später tauchte er wieder auf, schmutzig und abgerissen, zu Fuß. Das Fahrrad wurde im Moor gefunden. Der Schäfer wurde immer wieder gesehen, wie er in einem Tümpel daneben umherstakste und nach dem Netz mit der Schnapsflasche suchte, das bei dem Sturz ins braune Brackwasser gefallen war. Nach zwei Wochen klopfte er wieder bei Brutta an und bat um ein Glas Schnaps, Wein, Bier oder was auch immer. Brutta erklärte, sie sei Antialkoholikerin und habe nichts im Haus. Am nächsten Morgen wurde der Schäfer in einer Scheune erhängt gefunden. Brutta verließ Mecklenburg und fuhr wieder nach Hause.

Kurz darauf erkrankte ihr Chef schwer. Er wurde von unerträglichem Ohrensausen gequält und erlitt einen Hörsturz, der ihn zwang, seine Tätigkeit als Manager aufzugeben. Die Krankheit erwies sich als therapieresistent, auch die Ruhe und der Rückzug von den Geschäften brachten keine Besserung. Der Chef vegetierte vor sich hin. Der Betrieb wurde von den Angestellten selbst geführt und florierte prächtig. Fortan hieß es nicht mehr: »Information ist eine Bringschuld, keine Holschuld«, sondern: »Wenn du etwas wissen willst, mußt du fragen. Von selbst erzählt man dir nichts.« Die Sekretärinnen durften ungehobelte Anrufer wieder ungnädig behandeln und ersparten sich dadurch zahlreiche Kuren gegen Magengeschwüre, unter denen sie seit der Absolvierung des Kurses »Erfolgreich telefonieren« in zunehmendem Ausmaße litten. Als das Briefpapier mit dem Firmenlogo erschöpft war, tobten sich die einzelnen Abteilungen wieder individuell aus. Die Abteilung »Firmenarchiv« prägte das Familienwappen des Chefs auf das Briefpapier, die Abteilung »Kommunikation« ließ überhaupt kein Briefpapier mehr drucken, sondern ging zur Mund-zu-Ohr-Kommunikation über. Bei den Mund-zu-Ohr-Kontakten, wenn sie ohne Zwischenschaltung eines Telefonhörers durchgeführt wurden, ergaben sich bisweilen tiefergehende Bekanntschaften, bei denen Betriebsangehörige beiderlei Geschlechts aufblühten.

Brutta beauftragte ihren Anwalt, nach dem Verbleib von Dr. von Deutschficker zu forschen. Nach zwei Wochen erhielt sie folgenden Bericht: »Dr. von Deutschficker ist nach wie vor bei der oben angegebenen Adresse gemeldet. Er geht keiner regelmäßigen Berufstätigkeit nach, da er von Haus aus vermögend ist. In letzter Zeit wurde er mehrmals an der Bushaltestelle gesehen, wie er mit sich selbst sprechend und laut gestikulierend auf das öffentliche Verkehrsmittel wartete. Sein Äußeres wirkt leicht vernachlässigt. Sonst konnte nichts Auffallendes festgestellt werden.« Brutta schrieb ihm einen Brief: »Mein lieber Ursus, das kann nicht sein. Nicht umsonst hat Dich Dein Vater auf dem Sterbebett zu mir geschickt. Das Schicksal ist nicht unbarmherzig, es ist gnädig. Melde Dich. Deine Brutta.«

In der folgenden Nacht träumte Brutta wieder von ihrer Mutter. Sie saß als Drache vor einer Höhle und bewachte den Eingang. Ein junger Ritter kam, der Drache ließ ihn nicht passieren, sondern zog ihn an seine Drachenbrust. »Nie darfst du diese Höhle betreten, dort dräut Unheil«, fauchte er feuerschnaubend. Der Ritter wurde bleich, er war ausgezogen, eine Prinzessin zu befreien. Doch er gab nicht nach. Sein Herz schwoll an, der Drache wurde an die Felswand gedrückt. »Ich will hinein, und sei's mein Tod!« schrie er feurig. Der Drache war dem Ersticken nahe, seine Zunge hing grünblau aus dem Drachenmaul. Kurz bevor er von dem riesigen, pochenden Herzen des Jünglings erdrückt wurde, verwandelte er sich in Brutta selbst.

Brutta erwachte mit Herzklopfen. Kurzentschlossen stieg sie in den Zug und fuhr zu Dr. von Deutschficker. Sie klingelte dreimal, wie in ihren besten Zeiten. Ursus öffnete. Der Gürtel war offen, das Hemd hing aus der Hose, er trug nur einen Pantoffel und rieb sich den Schlaf aus den Augen. »Was willst denn du hier?« fragte er verwundert.

Brutta zog anklagend den Brief aus der Tasche. »»Bella mia

fiamma, addio‹, was soll das?«, schnaubte sie erbost, wobei sie mit den Tränen kämpfte. »Mich läßt du einfach sitzen …«

Ursus winkte müde ab. »Wenn du schon da bist, komm herein. Vielleicht verstehst du mich dann.« Er humpelte Brutta voran in den Salon der geräumigen Altbauwohnung, in der angenehmes Dämmerlicht herrschte.

»Was ist denn passiert?«, fragte Brutta. »Warum humpelst du?«

Ursus hangelte sich an dem handgeschnitzten Buffet aus Eichenholz entlang und ließ sich in ein ausladendes Kanapee fallen. »Ich weiß auch nicht genau«, murmelte er ratlos. »Trinkst du Portwein oder Tee?« Brutta entschied sich für Portwein. »Es war der Berg. Auf einer Wanderung, vor zwei Wochen, kam ich plötzlich vom Weg ab. Ein Fehltritt, das passiert mir sonst nie. Zerrung, Prellung, Stauchung, alles mögliche, nur gebrochen ist der Fuß nicht. Das wäre viel einfacher. Normalerweise gehe ich übrigens auf Krücken.«

Brutta bekam Mitleid. »Und der Brief? Das ist doch kein Grund, mir den Laufpaß zu geben.«

Ursus schenkte sich aus der Portweinflasche nach. »Nein, aber dann ist noch etwas passiert. Ich hatte die Geschichte mit deiner Mutter und meinem Vater einer Freundin erzählt, die in einer Frauengruppe ist. Als ich dann einen Vortrag hielt, über ein ganz anderes Thema – alte Adelssitze in Südtirol –, stand plötzlich eine weibliche Einsatztruppe im Publikum auf, zog Trillerpfeifen heraus und begann wie wahnsinnig zu pfeifen. Dazu schrien sie rhythmisch: ›Babyficker, Babyficker!‹ Ich mußte den Saal verlassen. Das ist das Ende meiner wissenschaftlichen Karriere«, murmelte er bleich. »Deshalb der Brief an dich, ich bekam Angst.« Brutta und Ursus starrten sich in die Augen. »Was die Väter einst verbrochen …«, murmelte Dr. Ursus von Deutschficker in seinen Bart. »Und dabei …« Brutta sah ihn fragend an. »Du weißt nicht, wie ich als Kind zu Hause gelitten habe. Nicht, daß er mich geschlagen hätte, aber es war immer so laut, nie war Zeit, nie war Ruhe. Meine Mutter hat es auch nicht ausgehalten, aber sie konnte nicht weg.«

Brutta dachte an ihren Anhänger mit dem Verfluchungsspruch. Was hatte der Vater-Gott mit ihr vor?

Ich schlug die Kronenzeitung auf und las eine Schlagzeile: »New York. Leiche der Mutter achtzehn Monate in Appartement aufgebahrt. Kinder brachten Geschenke und hofften auf Wiedergeburt.«

Brutta ging nach Hause. In der folgenden Nacht träumte sie, sie säße auf dem Grab ihrer Mutter. Hinter ihr wuchs eine Trauerweide, an deren Stamm sie sich lehnte, unsagbar müde. Die langen, dünnen Zweige der Weide flirrten im Wind wie Silber. Brutta fielen die Augen zu, die Trauerweide hüllte sie mit ihren Zweigen ein. Die silbernen, spitzen Blätter flossen über ihre Schultern, sie weinte im Traum, und ihre Tränen vermischten sich mit dem Rieseln der Blätter. Am nächsten Morgen erwachte sie frisch und gestärkt. Sie ging zur Bank und hob die 100 000 Schilling ab. Dann schrieb sie einen Brief an Ursus: »Lieber Ursus, hier hast Du das Geld zurück. Ich brauche keine Wiedergutmachung, mir geht es gut.«

Drei Tage später kam ein Brief von Ursus: »Liebe Brutta, ich habe das Geld an ein Heim für mißhandelte Kinder über-

wiesen. Mein Fuß ist fast geheilt, ich kann schon wieder auf-
treten. Wann sehen wir uns wieder?« Brutta nahm die Hals-
kette mit dem Anhänger von ihrem Hals, drückte einen Kuß
auf das Verfluchungsplättchen, flüsterte: »Danke, Papa«, legte
es in ihre Schmuckschatulle und fuhr zu Dr. Ursus von
Deutschficker.

Drei Fälle von Liebeswahn

Der erste Fall trug sich in Hamburg zu. Eine einfache Frau, die von ihrem Mann mit den Kindern sitzengelassen worden war, machte bei einem Psychologen eine Therapie, während der sie sich in ihn verliebte. Anschließend schickte sie ihm seitenlange Briefe, auf Packpapierbögen in riesiger Schrift verfaßt, die die ganze Familie des Psychologen zu lesen pflegte. Sie machte ihm Vorwürfe, daß er sich nicht um sie kümmere, teilte ihm Termine mit, wann sie mit den Kindern auf ihn warte, und kündigte ihm Besuche an. Der Psychologe reagierte nie. Die Frau des Psychologen befürchtete, die vom Liebeswahn Befallene könnte in die Praxis ihres Mannes eindringen und ihn erstechen. Es geschah aber nichts. Eines Tages kamen keine Briefe mehr.

Der zweite Fall spielte sich in Rorschach ab. Ein junger, gutaussehender Beamter wurde seit seinem zwanzigsten Lebensjahr von einer ungefähr gleichaltrigen Frau verfolgt, die ihn bedingungslos liebte. Er verließ den Ort, kehrte nach zehn Jahren wieder zurück, und die Verfolgung begann von neuem. Die junge Frau hatte inzwischen mehrmals den Beruf gewechselt und war jetzt arbeitslos. Sie sprach den jungen Beamten in aller Öffentlichkeit an, er sei ihr Zuhälter und hätte sie in Paris sehr schlecht behandelt. Er versuchte, tröstend und beruhigend auf sie einzuwirken, aber es half nichts. Einmal mußte er sie von der Polizei aus seinem Büro abführen lassen. Die Freundin des jungen Beamten hörte der Verfolgerin geduldig zu, wenn sie wieder von ihren Leiden erzählte. Eines Tages kündigte das Opfer des Liebeswahns dem jungen Mann einen Besuch an, den dieser ablehnte. Sie schrieb ihm statt dessen einen Brief, der dem Beamten durch seine Intelligenz und die schönen Formulierungen auffiel. Er riet seiner Verfolgerin, Schriftstellerin zu werden, wie wenn die Literatur einen Menschen ersetzen könnte.

Der dritte Fall war anders. Schauplatz: Città in Utopien. Sie gestand ihre Liebe auf einem Din-A4-Bogen Umweltschutzpapier und per Schallwelle, er aber blieb, wie er immer war: vernünftig, klar und schneidend. Er wollte in Ruhe gelassen werden. Sie legte sich drei Tage lang ins dunkle Zimmer und weinte ununterbrochen. Als nichts mehr kam, ließ sie sich eine Moorpackung machen, um den Kontakt zum Irdischen wiederzufinden. Die Moorerde erfüllte sie mit neuer Kraft, das Gift der Liebe war aus ihrem Körper gewichen. Dafür bekam ihre Haut eine erdige Färbung. Sie sah aus wie eine rundliche, bräunlich glänzende Kartoffel. Sie wechselte den Beruf, wurde Köchin und nannte sich seitdem Amanda. In ihrem Speiselokal verkehrten Gott und die Welt. Als es mit Gott nichts mehr war und die Welt sie langweilte, klopfte ein später Gast an ihre Tür. Er war in ein frisches Steingrau gehüllt und nahm auf einem Stuhl Platz. Sie war gerade mit hängenden Armen auf der Schwelle zwischen Küche und Speisezimmer gestanden und hatte sich überlegt, wie sie sich wohl fühlen würde, auf dem Totenbett, wenn sie auf ein Leben zurückblicken müßte, das aus Gedanken an eine unerwiderte Liebe bestanden haben würde. Sinnend rezitierte sie vor sich hin: »Ein Stein weiß einen andern zu erweichen! Erklär mir,

Liebe, was ich nicht erklären kann: sollt ich die kurze schauerliche Zeit nur mit Gedanken Umgang haben und allein nichts Liebes tun?« Der steingraue Gast hob sein Gesicht zu ihr empor und sah sie aus durchdringenden Augen unter buschigen Brauen an, ohne ein Wort zu sagen. Sie blickte in seine Augen und erkannte ihn wieder: Es war ihr Tod. Stumm nahm sie ihn in die Arme und drückte das dürre Knochengerüst unter dem wallenden, steingrauen Gewand an sich. Er legte seine Arme um sie und sein Stirnbein auf ihre weiche, gut gepolsterte Schulter. Sie geleitete ihn zu seinem Stuhl zurück und schenkte ihm ein Glas roten Wein ein, dann ging sie in die Küche und bereitete aus dem, was vorhanden war, ein Essen, so gut sie es konnte. Er nahm den Löffel und schluckte gehorsam die Speisen. Durch Wochen wiederholte sie jeden Abend diese Kur, und siehe: Auf seinen dürren Knochen begannen sich Muskeln anzusetzen, und nach einiger Zeit hatte er einen kräftigen Körper unter seinen grauen Stoffbahnen.

Auch mit ihr ging eine Veränderung vor sich: Jedesmal, wenn er sie so durchdringend ansah, erbleichte sie und verlor einen Farbgrad der kartoffelbraunen Tönung. Nach einigen Wochen war er nicht mehr vom Fleisch gefallen und sie nicht mehr bloß eine irdische Kreatur. Am letzten Abend hob er den Löffel nicht mehr auf, sondern blieb vor ihr stehen und sagte: »Wie ist doch das Leben schön.« Er legte seine Arme um sie und schwang mit ihr das Tanzbein, begleitet von der Melodie: »Ich tanze mit dir in den Himmel hinein«, die sie mit ihrer wohlklingenden, tiefen Stimme intonierte, während er mit den Zähnen den Rhythmus dazu klapperte.

Hilfe aus Bregenz

Einer lag schwer krank im Bett. Der Arzt saß beim Tischchen, das an das Bett geschoben war, und beobachtete den Kranken, der wiederum ihn ansah. »Keine Hilfe«, sagte der Kranke, nicht als frage, sondern als antworte er. Der Arzt öffnete ein wenig ein großes medicinisches Werk, das am Rande des Tischchens lag, sah flüchtig aus der Entfernung hinein und sagte, das Buch zuklappend: »Hilfe kommt aus Bregenz.« Und als der Kranke angestrengt die Augen zusammenzog, fügte der Arzt hinzu: »Bregenz in Vorarlberg.« »Das ist weit«, sagte der Kranke.

Fräulein Anna Dorn aus Bregenz las diese Eintragung in Kafkas Tagebuch und beschloß, ihm zu helfen. Sie bestieg den Zug nach Prag um 11²² Uhr und läutete an der Klingel, auf der zu lesen war: Dr. František Kafka. Eine dicke Haushälterin öffnete. Fräulein Anna Dorn sagte: »Melden Sie Herrn Doktor Kafka, die Hilfe aus Bregenz sei da.« Die Haushälterin, die sich schon entlassen wähnte, tat, wie ihr geheißen, und gleich darauf wurde der Gast in ein Schlafzimmer geführt, in dem Kafka bleich und mit glühenden, dunklen Augen im Bette lag. Auf dem Tischchen stand ein Glas Wasser. Fräulein Anna Dorn setzte sich ohne Umschweife auf den Bettrand, legte Herrn Doktor Kafka die Hand auf die Stirn und sagte: »Nun sind Sie geheilt.« Darauf verließ sie die Wohnung und nahm den nächsten Zug, der sie nach Bregenz zurückführte.

Hilfe aus Bregenz II

Dr. František Kafka fühlte sich nach diesem Besuch wunderbar gekräftigt und gestärkt. Er entließ auf der Stelle die Haushälterin, stürzte die Stiege hinunter, bahnte sich einen Weg durch den unendlichen Verkehr und bestellte im besten Möbelgeschäft ein Ehebett und eine Wiege aus Birnbaumholz. Dann ließ er die Hilfe aus Bregenz durch ein Detektivbüro ausforschen und machte Fräulein Anna Dorn einen förmlichen Heiratsantrag. Fräulein Anna Dorn nahm ihn an, da sie eine Vorliebe für den Buchstaben A hatte und sich fortan Anna Kafka nennen durfte.

Und außerdem: Sie liebte ihn.

Nachbemerkung

Die Tangotexte in »El Tigre« stammen zum größten Teil aus dem Buch von Dieter Reichardt, Tango. Frankfurt a. M. 1984 (= suhrkamp taschenbuch 1087). Die Episode mit den goldenen Schuhen wird berichtet von Andreas Hapkemeyer, Ingeborg Bachmann. Wien 1990. Der erste Satz des Textes »Die wahre Kunst« ist der Beginn der Erzählung »Reigen« von Eva Schmidt, Salzburg 1988.

Johanna Walser

Die Unterwerfung
Erzählung. Band 2349
Lisa lebt hier und heute, doch kommt sie nicht mit diesem Leben zurecht; sie möchte ihren eigenen Weg gehen. Aber da ist etwas, das sie bedroht, sei es ein Stern, der auf sie abzustürzen droht, sei es, daß die Welt von ihr abgerückt ist. Johanna Walsers Prosa klagt nicht an, sondern stellt mit der Leichtigkeit vollendeter Ironie die Distanz zum Nicht-Veränderbaren dar. Ein riskantes Unterfangen, sich zu verbergen in dem Riß, der durch die Welt geht.

Vor dem Leben stehend
Band 2326
In diesen Prosastücken schaut ein Ich, das bisweilen in die Figur L. hinübergleitet, mit einzigartiger Klarheit auf seine Familie, die Schule, die Umwelt und die Natur. Johanna Walser läßt uns in den vielen Skizzen, Fragmenten und kurzen Szenen daran teilnehmen, wie dieses Ich sich entdeckt, indem es die anderen durchschaut, liebevoll und distanziert zugleich.

Wetterleuchten
Erzählungen. Band 2370
Wetterleuchten erzählt von Helden des Verzichts, des Abwartens und des vorsichtigen Bewahrens, die in eine Welt geraten sind, die auf derlei Tugenden keinen großen Wert legt. Die Autorin läßt die Zurück-Haltung ihrer Figuren durch ihre präzise und zugleich überaus musikalische Sprache zu einer literarischen Erfahrung werden.

Fischer Taschenbuch Verlag

fi 1566 / 2

Collection S. Fischer

Lothar Baier
Jahresfrist
Erzählung
Band 2346

Herbert Brödl
Silvana
Erzählungen
Band 2312

Hermann Burger
Die allmähliche
Verfertigung der
Idee beim Schreiben
Frankfurter Poetik-
Vorlesung. Band 2348

Clemens Eich
Aufstehn und gehn
Gedichte. Band 2316
Zwanzig nach drei
Erzählungen. Band 2356

Dieter Forte
Jean Henry
Dunant oder
Die Einführung
der Zivilisation
Ein Schauspiel
Band 2301

Marianne Gruber
Der Tod des
Regenpfeifers
Zwei Erzählungen
Band 2368

Wolfgang Hegewald
Das Gegenteil
der Fotografie
Fragmente einer
empfindsamen Reise
Band 2338
Hoffmann, Ich und
Teile der näheren
Umgebung
Band 2344
Jakob Oberlin
oder die Kunst
der Heimat
Roman. Band 2354
Verabredung
in Rom
Erzählung. Band 2361

Egmont Hesse (Hg.)
Sprache & Antwort
Stimmen und Texte
einer anderen Lite-
ratur aus der DDR
Band 2358

Wolfgang Hilbig
abwesenheit
gedichte. Band 2308
Der Brief
Drei Erzählungen
Band 2342
die versprengung
gedichte. Band 2350
Die Weiber
Band 2355

Ulrich Horstmann
Schwedentrunk
Gedichte. Band 2362

Bernd Igel
Das Geschlecht der
Häuser gebar mir
fremde Orte
Gedichte. Band 2363

Walter Jens (Hg.)
Schreibschule
Neue deutsche
Prosa. Band 2367

Jordan/Marquardt/
Woesler
Lyrik – Erlebnis
und Kritik
Band 2359

Fischer Taschenbuch Verlag

Collection S. Fischer

Fischer Taschenbuch Verlag